外国经典诗歌珍藏丛书

叶赛宁诗选

柳鸣九 / 主编　王守仁 / 编选
顾蕴璞　王守仁 / 译

时代文艺出版社

图书在版编目（CIP）数据

叶赛宁诗选 / (俄罗斯) 叶赛宁著；王守仁编选；顾蕴璞、王守仁译.
—长春：时代文艺出版社，2020.2
(外国经典诗歌珍藏丛书 / 柳鸣九主编)

ISBN 978-7-5387-6121-4

Ⅰ. ①叶… Ⅱ. ①叶… ②王… ③顾… Ⅲ. ①诗集－俄罗斯－现代 Ⅳ. ①I512.25

中国版本图书馆CIP数据核字（2019）第106810号

出品人　陈　琛
产品总监　邓淑杰
责任编辑　杜佳钰
封面绘画　刘星宇
装帧设计　孙　利
排版制作　隋淑凤

叶赛宁诗选

[俄罗斯] 叶赛宁 著　王守仁编选　顾蕴璞　王守仁 译

出版发行 / 时代文艺出版社
地址 / 长春市福祉大路5788号　龙腾国际大厦A座15层　邮编 / 130118
总编办 / 0431-81629751　发行部 / 0431-81629755　北京开发部 / 010-63108163
官方微博 / weibo.com / tlapress　天猫旗舰店 / sdwycbsgf.tmall.com
印刷 / 三河市万龙印装有限公司
开本 / 880mm × 1230mm　1 / 32　字数 / 287千字　印张 / 12
版次 / 2020年2月第1版　印次 / 2020年2月第1次印刷　定价 / 35.00元

编者、译者简介

王守仁

1962年6月莫斯科大学俄罗斯语言文学系毕业。中国社会科学院外国文学研究所研究员；中国作家协会会员。学术专长为俄罗斯文学研究与翻译。1993年起享受国务院颁发的政府特殊津贴。2007年，获中国翻译协会授予的“资深翻译家”荣誉证书。

主要成果：论文集《诗魂》、专著《苏联诗坛探幽》《苏联文学史》（部分）、评传《天国之门》、传记《叶赛宁》；译著：《一个陌生女人的来信》、小说《未列入名册》、《苏联抒情诗选》《叶夫图申科诗选》《普希金童话诗集》；与戈宝权先生共同主编《普希金抒情诗全集》，与郭锷权先生共同主编《契诃夫短篇小说全集》。

顾蕴璞

北京大学外国语学院教授，中国作协和中国译协会员。著有《莱蒙托夫》《诗国寻美——俄罗斯诗歌研究》等专著。编有《莱蒙托夫全集》《叶赛宁评介及诗选》《叶赛宁研究论文集》（合编）、《普希金精选集》《俄罗斯白银时代诗选》等编著。译有《莱蒙托夫诗选》《叶赛宁诗选》《帕斯捷尔纳克抒情诗选》《苏联当代诗选》（合译）、《叶赛宁书信集》《叶甫盖尼·奥涅金》（合译）、《俄侨诗人涅斯梅洛夫诗选》（合译）等译著。所译《莱蒙托夫全集2·抒情诗II》获首届鲁迅文学奖（1995—1996）。2006年被俄罗斯作协授予“高尔基奖状”，2007年被中国译协授予“资深翻译家荣誉证书”。2014年获得俄罗斯作家协会颁发的“莱蒙托夫奖章”。

最具俄罗斯民族特色的诗人（序）

王守仁

每个国家都有自己引为骄傲的经典诗人！叶赛宁是俄罗斯引为骄傲的经典诗人之一。在俄罗斯诗坛上，叶赛宁是继普希金之后最闪光的名字，是“俄罗斯诗人当中最具俄罗斯民族特色的诗人”。诺贝尔文学奖获得者帕斯捷尔纳克曾袒露自己的心声，说他“喜欢叶赛宁的全部作品”，因为叶赛宁“是表现民族精神和民族传统的极其典型的俄罗斯诗人”，因为叶赛宁“出色地捕捉到了俄罗斯的乡土气息”。叶赛宁的家乡康斯坦丁诺沃村，早在苏联时期就已整个被划为国家级“文学保护区”。在俄罗斯，各大城市都矗立着叶赛宁塑像，叶赛宁的名字可谓家喻户晓，无人不知。他坎坷的一生、传奇的一生，在许多传记文学和文艺作品中得到了栩栩如生的艺术再现。然而，在很长一段历史时期里，叶赛宁被视为“颓废诗人”

的典型，被打入“另册”，他的作品则被禁锢于“冷宫”。直到20世纪50年代后半期，诗人才被恢复名誉，其闪烁异彩的诗作才被“重新挖掘”，重见天日。从此，叶赛宁成为一颗耀眼的明星，成为20世纪俄罗斯诗歌艺术的真正代表之一。此后兴起的“叶赛宁热”一直持续到今天。诗人的各种选集和全集尽管一版再版，仍供不应求。这种现象本身也表明了叶赛宁的诗歌地位！

叶赛宁出身于农民家庭，十五岁便开始写诗，早期的诗歌在莫斯科的《处女地》报和《帆》《曙光》等杂志上相继发表。他的第一本诗集《扫墓日》于1916年出版。他的诗富有浓郁的大自然气息，把读者带到了俄罗斯乡村大自然的广阔天地，那里有“眼睛会说话”的白桦树，有绿茵茵的草原和白色的羊群，有闪着银光的河流……在俄罗斯诗坛上，叶赛宁一开始就被公认为“大自然的歌手”，绚丽多彩的大自然景色，是他诗歌形象、声音、色彩的摇篮，也是他传达细腻情感得心应手的艺术手段。

叶赛宁经历过第一次世界大战、两次革命、空前残酷的国内战争、前所未闻的饥荒、国民经济的全面崩溃……那是一个大动荡、大改组、破旧立新、天翻地覆的混乱时代。不是人民就是敌人，一切都以阶级画线，一切都得向“左”看齐。一时间，豪言壮语成为诗歌创作的一种风尚，而在叶赛宁的全部抒情诗中，读者却找不到此种高调的影子，也看不到标新立异的形式探索。叶赛宁与众不同……就因为与众不同，以他为代表的一批抒情诗人，先后几乎全部被清洗，而在这些人的肉体被消灭之前，精神上早已遭到了摧残。叶赛宁在生前的最后几年里，精神上已感受到无形的压力和苦闷。也许，这是最终导致他自杀的重要原因之一。

叶赛宁一生中最富有浪漫色彩的经历是他与美国舞蹈家邓肯的一段恋情。邓肯是20世纪初风靡欧洲的著名舞蹈家，是世界公认的现代舞创始人。1921年秋天，她顶着政治压力，辗转来到莫斯科，开办舞蹈学校，传授技艺，想使刚刚从战争中恢复而依然贫穷落后的“苏维埃俄罗斯”的儿童“具有与高尚心灵和谐一致的优美体魄”。叶赛宁与她由于艺术相通而一见钟情。他们有着共同的艺术语言，相近的艺术见解：邓肯视舞蹈为“心灵的背影”，叶赛宁把诗歌当作“心灵的钥匙”，通过艺术媒介他们心心相印。1922年5月，叶赛宁随邓肯前往欧美旅游，目的是“目睹一下西方世界，获得感性认识”。在国外期间，无论是在柏林还是在罗马，无论是在纽约还是在芝加哥，叶赛宁都无比思念祖国，似乎哪儿也比不上“故乡月儿明”。他在诗中写道：

唉，这些国家我也知道，
那里的道路我走过不少，
现在我真想归来，
靠故土越近越好。

叶赛宁是个颇具“忧郁气质”的诗人，邓肯则是“快活乐观”的舞蹈家，他们虽然有着共同的艺术语言，但终因性格不合，最后不得不劳燕分飞，天各一方了。

叶赛宁的代表作有抒情诗《白桦》《母牛》《狗之歌》《乞讨的小姑娘》、组诗《无赖汉之恋》《波斯抒情》和长诗《安娜·斯涅金娜》等，其感染力和艺术魅力来自于诗人的真挚情感。诗人曾如此写道：

剖开自己柔嫩的皮肉，
用感情的热血去抚慰人心。

像普希金一样，叶赛宁代表了“俄罗斯诗歌的灵魂”！而今，叶赛宁的诗歌已超越国界，成为世界文化宝库的珍贵财富。1924年6月6日，叶赛宁在莫斯科特韦尔大街普希金青铜像前，为纪念伟大诗人诞辰一百二十五周年而敬献鲜花并朗诵献诗《致普希金》：

虽然命定要受到排挤，
但我还将久久地歌唱……
好让我的草原之歌，
也能像青铜般铿锵。

如今，叶赛宁的“草原之歌”当真同普希金铜像一样历久不衰。而且，这种典型的俄罗斯风格的“草原之歌”通过翻译工作者所架设的桥梁，已在世界诸国广大读者心中引起了共鸣！叶赛宁曾在《给格鲁吉亚诗人们》一诗中把自己称为“亚洲人”，而今叶赛宁的诗也早已通过中文译本找到了通向中国读者心灵的道路，从而使这位举世公认的抒情天才的光辉形象也永远留在我们东方人心中，成为亿万亚洲人也引为骄傲的经典诗人。

读一读叶赛宁的诗，中国读者十之八九会对这位杰出的俄罗斯诗人产生一种独特的亲切感，仿佛他那诗人的气质便是“中国型”的，就像我国唐代大诗人李白。就豪放旷达的性格、缠绵悱恻的情感和浪漫主义的激情来说，这两位相距一千多年的异国诗人，倒是有许多近似和一致的地方。我们从叶赛宁的好友维尔日比茨基的回忆录中，可以看出中国诗仙李白的形象和浪漫主义的诗歌作品对叶赛宁所产生的影响。也许，古今中外具有浪漫主义气质的诗人，永远也不会受到时空的限制，他们那极其敏锐的情感神经的末梢无论何时都是相通的！

我国著名诗人艾青，以自身的感受、创作经验和东方人的眼光对叶赛宁的抒情才华给予了很高的评价：“他的爱情诗是和大自然联系起来的，是和土地、庄稼、树林、草地结合起来的。他的诗和周围的景色联系得那么紧密、真切、动人，具有奇异的魅力，以致达到难以磨灭的境地。正因为如此，时间再久，也还保留着新鲜的活力。”（《叶赛宁研究论文集》，北京大学出版社，1987年，第5页）

叶赛宁似乎一生都为情感所困，他的许多抒情诗似乎都是在“爱”的过程中产生出来的。他爱花草树木，爱自然界的一切；

他爱动物，视动物为朋友；他爱女人，每一次恋爱都爱得“失魂落魄”……1923年下半年，他创作了组诗《无赖汉之恋》。这是诗人对当时莫斯科塔伊罗夫小剧院的女演员阿芙古斯塔·米克拉舍夫斯卡娅的献诗。叶赛宁曾直言不讳，说他的人生经历、情感历程都“凝聚”在自己的诗里。《无赖汉之恋》正是诗人人生经历的重要一环。当时，叶赛宁狂热地迷恋着这位“美妇人”，但对方知道此时的叶赛宁刚从国外归来，并且跟妻子伊莎朵拉·邓肯感情不和，关系趋于破裂，因而对诗人的追求，起初故作冷淡而后当真“淡出”，这使叶赛宁十分痛苦。就是在这一背景之下，组诗《无赖汉之恋》诞生了，其中渗透着诗人极其细腻的感情，又有对诗人个人命运的沉思，艺术上颇具概括意义，可以看作是诗人感情上乃至创作上从前期“惹是生非”的“小酒馆”阶段向精神上得以“康复”的“成熟”阶段的过渡。

叶赛宁是通过自己的朋友马里延戈夫的妻子安娜·尼克里季娜与米克拉舍夫斯卡娅相识的。那是1923年的初秋，在马里延戈夫家客厅里他们相遇，便一见钟情，但叶赛宁由衷狂热，对方却故作冷淡。在一月有余的时间里，他们每天都相约相见，形影不离……与“美妇人”米克拉舍夫斯卡娅的热恋，激起了诗人灵感的火花，而在燃起的情感烈火之中诞生了这组爱情抒情诗杰作。

说也奇怪，古今中外天才诗人的命运和生活道路总是大起大落、坎坷不平，仿佛缺此而不能称其为天才诗人似的。米克拉舍夫斯卡娅，在当时莫斯科小剧院的女演员中也许是最“迷人”的，然而，那是一个徒有其表、心灵空虚的女人，由于好奇而又追求虚荣常常被周围的人敬而远之。她本不知叶赛宁为何许人物，可是自从在女友家里与叶赛宁相识之后，便千方百计探寻诗人的一切，尤其是诗人与妻子感情上的破裂和满怀的痛苦与郁闷。这颇有心计的“美妇人”以其天性的诱惑之魅力向诗人展开了进攻，而对方的弱点恰恰在于容易被女性的姿色所俘获，从而束手就擒。这位好奇心极易得到满足的女演员，倒有一副清醒的头脑，她意识到叶赛宁那豁达大度的气质和挥金如土的“纨绔子弟”派头，远不是自己心目中理想伴侣的形象。在一个多月的“形影不离”和“如胶似漆”的狂热恋爱之后，她便想以“冷却”来逐渐平息沸腾感情的波澜，悄然地离他而去。与诗人相恋的这段时间里，米克拉舍夫斯卡娅常常为自己“红杏出墙”而暗暗自责，常常感到愧对自己的丈夫和孩子，常常面对着安然入睡的儿子而惆怅。这种时刻她便暗下决心离开诗人。然而当她看到其他女子接近叶赛宁时，便又抑制不住内心的嫉妒，于是又不顾一切地投入诗人的怀抱，哪怕明知是“飞蛾扑火”也心甘情愿。可是，待到激情冷却之后，这内心极为矛盾的女人就又恢复了理智，眼前浮现的又是自己的儿子和丈夫身影……

诗人往往是“怪人”，他只承认自己那诗人的感情，不理睬理智的逻辑，正如中国现代诗人徐志摩当年所说：“他们的要求与需要不是寻常人的要求与需要；他们评价的标准也不是寻常的标准。他们到人间来一样要爱、要安慰、要认识、要了解。但不幸他们的组织有时是太复杂太深奥太曲折了，这浅薄的人生不能担保他们的满足。只有生物性生活的人们，比方说，只要有饭吃，有衣穿，有相当的异性配对，他们就可以平安地过去，再不来抱怨什么，惆怅什么……一个诗人或艺术家快活的时候简直是发疯，也许当着人前就搂住了你亲吻，也不知是为些什么。他发愁的时候一张脸绷得老长，成天可以不开口，整晚可以不睡，像是跟谁不共天日的过不去，也不知是又为些什么。”（《白朗宁夫人的情诗》，见《徐志摩译诗集》第173–174页，湖南人民出版社，1989年）是的，这种看来是不可思议的特性，也许就是人们常说的那种“诗人的气质”，就是诗人所固有的独特激情！也许，正因为有了诗人的这种独特的激情，世人才有可能读到由激情升华出来的诗篇。英国诗人拜伦曾说：“正如波浪撞成了飞沫，激情变成了诗歌。”叶赛宁和他的诗歌似乎正是如此！

组诗《无赖汉之恋》的这一题名，有如法国现代派诗人波特莱尔的《恶之花》，本身就表明是一种大胆的艺术构思，其效果不能不使人为之惊叹。《无赖汉之恋》似乎记录了诗人恋爱史上的一段插曲，那复杂的、微妙的情感活动和心态谱写成一曲哀伤和幽怨的恋歌。不管读者处在哪种年龄层次，似乎都会受到诗歌基调的感染，陷入无限惆怅和感慨叹息之中。的确，那一月有余的浪漫生活，也许是使叶赛宁铭记在心的美妙的“一瞬”，也许是他内心常常泛起痛苦感受的“一瞬”，但不管属于哪一种情况，组诗《无赖汉之恋》中的每一首都留有诗人心灵的印痕。叶赛宁的爱情抒情诗，总是以其崇高的思想、纯洁的感情而使读者的心弦为之震颤和共鸣，其中总是饱含着“剪不断、理还乱”的无限柔情。开篇《淡蓝色的火焰越来越旺》便是如此。诗的前两节是抒情主人公对离开故乡、进入城市之后的生活的概括：惹是生非、逞能好强、贪杯恋色、放浪形骸。诗人很不满意自己的沉沦和玩世不恭。对昔日放荡生涯的概括，集中抒发了“醒悟”之后的慨叹和感伤。而这都是因为有了真正的爱，有了对米克拉舍夫斯卡娅的一片痴情和浪子回头的决心：

> 如今我不喜欢暴饮和街舞，
> 不愿把自己的生命一味地浪费。

从这诗的开端，读者便可以看到，爱情能给人以信心和勇气，能使人增添进取的力量，与虚度年华的过去诀别。诗人是以与“旧我”决绝的方式来表露心迹的。其中“淡蓝色的火焰”乃炽烈激情的象征，它标志着诗人内心那纯洁的爱有如“火焰”般燃烧和“升腾”，又隐喻着诗人摆脱精神危机、离开令人“魂迷”的“小酒馆”的决心，就像黎明冲破拂晓前的黑暗，势不可当。如果说“过去”抒情主人公“有如一座荒芜的花园”“贪恋过女色和美酒”，在不好的名声中“自暴自弃”，那么“现在”已“不再肇事，制造事端”，也“不再纵情饮酒和街舞”“不再无所顾忌地把生命虚度”了。此时诗人吐露的是“最温情的话语”，吟唱的是“最缠绵的歌”。面对如此这般美丽、纯洁、圣女似的“美妇人”，抒情主人公虔诚地表白了自己的爱和决心：

我第一次歌唱爱情，
第一次远离打架斗殴的地方。
……
我愿永远跟随着你，
去异国地域，去远离的故乡。

诗人不仅陈述了自己那新的生活态度，表现出对爱的追求，而且还坦率地表明自己内心的渴望：

我宁愿把小酒馆置诸脑后，
不再写什么诗篇也罢，
只要能触及你的手臂，
还有你那金秋色的头发。

诗人连“写诗”都能放弃，只为须臾不离“美妇人”的身边，痴恋之情跃然纸上也！《无赖汉之恋》的诗题又是作者绝妙的自我造像，那自由不羁、我行我素的浪漫风度唯叶赛宁方能有之。其自我调侃之意也在这开篇中溢于言表：

款款的脚步，苗条的身躯，

但愿你能以执着的心了解，
一个无赖汉多么温顺，
一个无赖汉多么会爱。

此时，这“美妇人”几乎成为使诗人焕发青春、激起灵感的“缪斯”。堕入情网的抒情主人公，俨然孩童般憧憬和痴情：

我只希望能凝视着你，
看见你眼睛里金棕色的深潭。

这里，“深潭”是一个独特的艺术意象，仿佛那是一个奇幻的美丽童话世界，诗人将不顾一切地纵身跃入，去寻找和拥抱人生的幸福。然而，幸福是不可能有的，因为就实质来说，他与她都有自己的家，都属于“婚外恋”。爱情是自私的，抒情主人公的内心痛苦和情感矛盾以极其激烈的斗争形式突现出来：

哪怕你不喜欢我的过去，
也别为此而去亲近别人。

是忏悔自己的过去，悔恨自己不好的名声？是担心恋人的离去？此时此刻恐怕两种心态错综复杂，兼而有之。叶赛宁自喻“无赖汉”，也许就是为了充分表达当时那矛盾而复杂的真情实感，并非以这一形象而自我否定。就其天性来说，“无赖汉”也像常人一样，对爱情有所追求。也许正是由于其“无赖汉”形象，对爱的企盼和追求才有别于常人而更为痴情！《无赖汉之恋》之所以能深深打动读者的心，引起共鸣，原因恐怕就在这里。在叶赛宁的诗中，原不乏歌咏故乡自然风光的佳作，也不乏抒写“淡淡的哀愁”的名篇，而《无赖汉之恋》耐人寻味之处，在于它将缠绵悱恻的柔情与豪迈旷达的胸襟成功地融合了起来，形成了完整的形象和意境。一方面是“惹是生非，逞能好强”，一方面是温情脉脉，把“恋歌”歌唱。这看似无法调和的事物全都由“无赖汉”这一形象统一了起来。

人的天性里就有爱的需要，爱能洗涤灵魂，使人的心灵变得纯洁和高尚，因为“爱”本身就意味着创造美。当然，只有摆脱占有欲，恋情才会具有崇高的美，心灵才能得以净化，人的精神境界才能变得高尚。现实生活的经验告诉人们，痴恋往往与痛苦为伴，或者说它们是孪生姐妹。爱能带来无限痛苦，然而也能医治心灵的创伤。情爱之火有的持续燃烧，从花前月下的恋情直到新婚、银婚、金婚……有的中途熄灭，变成灰烬而不再烈火熊熊。遗憾的是，在后一种情况下，世间曾有多少狂热痴恋的情人最终爱不成反成仇！而叶赛宁的诗却显示出爱的巨大力量，能使人的心灵纯洁，灵魂高尚。这里没有失意的痛不欲生和离异的怨恨，但却蕴含着叶赛宁固有的那种“淡淡的哀愁”。要不是他把自己的真情实感统统写进了诗歌里，向读者袒露内心，那就很难预料他在世界诗史上是否会有如此显著的位置了！

作为天才诗人，叶赛宁成熟得早，发出了耀眼的光芒，又像一颗“人间的流星”——只活了三十岁，最终因患抑郁症在圣彼得堡的一家旅馆里自缢，结束了自己的生命。叶赛宁走了，他的诗却成为世界诗库里的瑰宝。

2011年12月

目 录 Contents

眼看天色已晚[①]

眼看天色已晚。
荨麻上闪着露珠。
站在路的一边，
我倚身靠着柳树。

月儿倾泻光柱，
洒在我家的屋顶。
打从远方某处，
传来夜莺的啭鸣。

多么舒适暖和，
像冬天挨着火炉。
棵棵白桦站着，
像插着枝枝巨烛。

① 这是叶赛宁生前和死后所出作品选集或全集的开卷诗，它写于诗人十五岁时在斯巴斯–克列皮克教会师范学校学习期间。

河对岸那边的远处，
约莫林缘后那地方，
那睡眼昏昏的更夫
正敲着寂寂的更梆。

（1910年）

朝阳像那红色的水流[①]

朝阳像那红色的水流，
浇灌在白菜地的畦垄上，
畦上有棵幼小的枫树，
吸吮着母亲绿色的乳房。

（1910年）

① 和前一首《眼看天色已晚》以及百分之八十的叶赛宁抒情诗一样，本诗也是无标题的诗，依据惯例，我们都用第一诗行标作诗题。

寒冬在歌唱，又像在呼寻

寒冬在歌唱，又像在呼寻，
毛茸茸的针叶林松涛齐鸣，
　　奏着催眠小调。
四周一片灰暗的浓云，
仿佛带着深深的愁闷
　　向着远方飞飘。

风雪犹如丝绸的地毯，
把整个院子铺得满满，
仍冷得令人难熬。
一群贪玩的家雀飞来，
宛如孤苦伶仃的小孩，
在窗前紧相偎靠。

这些小鸟都快冻僵了，
又是饥饿，又是疲劳，

　　更紧地挤在一起。
风雪却仍在怒呼狂喊，
频频叩击护窗的吊板，
　　越发地撒着怒气。

在那结着薄冰的窗前，
温柔的小鸟昏昏欲眠。
　　听着雪风的呼啸。
小鸟们做起了一个梦：
眼前是明媚的春美人，
　　浴着太阳的微笑。

（1910年）

湖面上织出了红霞的锦衣①

湖面上织出了红霞的锦衣，
松林里传来大雷鸟的哭泣。

金莺也躲在树洞里悲啼，
只是我不哭，心里亮熠熠。

我知道黄昏前你将一路走来，
我俩将坐进邻近的鲜草堆里。

我吻你欲醉，掐花般抱你，
欢乐的醉鬼没有人会非议。

在我爱抚下你径自摘下丝巾，

① 1910年，叶赛宁已写下不少自己觉得很满意的诗，但大刊物仍不接纳他的投稿。他便从莫斯科专程去彼得格勒（后改名列宁格勒，今为圣彼得堡）求见大名鼎鼎的勃洛克。在勃洛克的要求下，叶赛宁当场朗诵了这首诗。短短十二行诗，获得了这位俄国象征派诗魁“我有责任称它们为天才的诗句”的评语。

我把醉的你抱进树丛到天明。

任凭大雷鸟放声地哭泣吧，
红霞里的忧郁也叫人欢喜。

（1910年）

稠李花飞似雪片飘洒

稠李花飞似雪片飘洒，
花草沐浴着露水怒放，
白嘴鸭躬身对着嫩芽，
在田间地垄款款来往。

柔丝般的草儿垂下脖颈，
含香脂的松树吐出芳香。
啊，你们——草地和密林，
春色醉得我如痴似狂。

秘密的信息带来欢愉，
它们把我的心扉照亮。
我正想着我的未婚妻，
唯独将她一个人歌唱。

稠李啊，愿你雪片般飞舞，

小鸟啊，请你在林中歌唱。
在田间我举着涟漪碎步，
把花儿溅水般洒向四方。

（1910年）

头戴野菊编的花冠

头戴野菊编的花冠，
我刨修一条独木小船。
在那白浪翻飞的激流里，
我丢失了情人的指环。

活像阴险狡猾的婆婆，
这招致不幸的分手。
梭鱼叼走了我的指环，
也把情人的爱叼走。

我的指环没有找到，
愁得我朝草场迅跑，
小河跟在我后边笑：
“你情人有了新相好。”

我可不去跳那轮舞——

人家会笑我的不幸，
我要选一个坏天气，
跟那喧鸣的波浪结婚。

（1911年）

夜那么黑，怎睡得着[1]

夜那么黑，怎睡得着，
我常走到河畔的小牧场。
像解开一条浪花般的束腰，
天边射过来闪电的反光。

山丘上有枝白桦小蜡烛，
披一身银白的月光羽衣，
走出来吧，我的心头肉，
听古丝里琴手唱上几曲。

每逢我凝望少女的美貌，
看得出了神，迷了心窍，
还跟着琴声的节拍欢跳，
我总要把你的头纱摘掉。

① 这首诗最初发表时用的是《古丝里琴手》的标题。

我总要领你到斜坡下面去，
到幽暗的闺房[1]，绿色的林间，
到长满如丝的峨参草地，
直到罂粟花般的朝霞满天。

（1911年）

① 喻指高大的树林。

星　星

明亮的星星，高悬的星星！
你们有什么秘密瞒着人？
蕴含着深邃思想的星星啊，
你们用什么力量醉人心？

繁多的星星，密布的星星！
是什么美色和威力藏在身？
你们靠什么，天上的星星啊，
把苦苦求索的伟力来吸引？

为什么当你们洒下光辉，
勾起我对广袤天宇的憧憬？
你们柔情地抚慰着心扉，
天上的星星，迢遥的星星！

（1911年）

日　出

在蓝幽幽的天边，
点燃起红霞一片，
一条彩带呈现了，
闪着金色的光焰。

旭日的万道金箭，
从高空折回光线，
引出反射的链锁，
又把光洒向远天。

那灿灿的金光哟，
顷刻把大地照遍。
那蔚蓝的苍穹哟，
在我四下里展现。

（1911—1912年）

诗　　人①

——献给挚友格里沙

诗人应当置敌人于死地，
真理就是他生身的母亲，
他爱人如爱自己的兄弟，
准备时刻为人茹苦含辛。
别人无法完成的事情，
他做起来却从容胜任，
他是诗人，人民的诗人，
他是祖国大地的诗人！

（1912年）

① 叶赛宁在这首诗中已经奠定他毕生对真理的追求和对祖国的挚爱的情感基调。他后来一再表示“生活的真实无法违抗”“我的心从来不说谎”，要做一个“诗人与公民”“对祖国的爱，爱祖国的感情是我创作中基本的内涵”。

水　滴

珍珠般的水滴啊，绚丽的水滴，
你们披着金色的阳光多么漂亮，
可在悲秋的时节，凄凄的水滴，
你们洒落在湿窗上又何等悲凉。

在忘情的生活中欢乐的人们哪，
你们在旁人眼中多高大伟岸，
可在沉沦的昏暗里受尽冷落，
在活人的世界上找不到慰安。

秋雨的水滴啊，你们把多少苦涩，
飘洒在人们满怀愁绪的心上，
你们悄然滑过玻璃窗时还徘徊着，
仿佛在那里仍寻觅往日的欢畅。

受尽折磨，身遭不幸的人们哪，

你们带着内心的伤痛直到暮年。
对难以忘怀的往昔的美好光阴，
如今你们仍频频地把它呼唤。

（1912年）

拉起来，手风琴，绛红的风箱

拉起来，手风琴，绛红的风箱，
快来村口接情郎，美丽的姑娘。

心儿闪着矢车菊、绿松石的光。
我拉起手风琴来把蓝眼睛歌唱。

那不是朝霞在湖面编织着花纹，
那是山坡后闪烁着你的绣花巾。

拉起来，手风琴，绛红的风箱，
让美人儿把情郎的歌谣细欣赏。

（1912年）

（以上顾蕴璞译）

往昔的一切已无法挽回

我无法挽回那凉爽的一夜，
再也见不到我那心爱的姑娘，
花园里夜莺那支欢快的歌儿，
对于我，竟是再也听不到的绝唱。

那一春夜已飞逝而去，
怎能对它说："等一等，再来。"
秋天的季节已经来临，
绵绵的细雨淅淅沥沥。

心爱的姑娘正在坟墓里沉睡，
把爱埋藏在自己心中。
即使是深秋的风暴和雨雪，
也无法把它唤醒，使其热血沸腾。

那支夜莺的歌已经沉寂了，

夜莺早已飞向大海的远方，
再也不会有更动听的歌儿，
比起那凉爽之夜的歌唱。

心心相印的喜悦也已飞逝，
当时是生平最初的体味。
而今内心的情感已经冷却，
往昔的一切永远也无法挽回。

（1911—1912年）

夜

河水静静地打着盹儿，
幽暗的松林不再沙沙作响。
夜莺的歌唱停了下来，
长脚秧鸡不再声嘶力竭地叫嚷。

夜深沉，四周万籁俱寂，
只听得溪水的潺潺声响，
明月用自己的光辉
给周围的一切都披上华丽银装。

河水银波荡漾，
小溪闪烁银光，
被灌溉的草原的青草
也都闪着银色的光芒。

夜深沉，四周万籁俱寂，

大自然的一切都进入梦乡。
明月用自己的光辉
给周围的一切都披上华丽银装。

（1911—1912年）

白　桦

我家的窗前，
伫立着一棵白桦，
它银装素裹，
披挂一身雪花。

蓬松茸茸的枝头
呈现雪绣的花边，
一串串银穗挂在身上
如洁白的流苏舒展。

默然伫立的白桦，
沉浸在睡梦的寂静中。
而在金色的光辉里，
雪花儿闪烁，亮晶晶。

朝霞，慢条斯理地走来，

围绕着白桦细细打量，
又把银色的光辉
洒到白桦的枝头上。

（1913年）

（以上王守仁译）

在天空的蓝色盘子上[1]

在天空的蓝色盘子上，
黄云吐着蜜香的轻烟。
夜幻想着，人们入梦乡，
唯独我受乡愁的熬煎。

松林被划上云的十字，
深深吸着甜味的云烟。
山坡抻长自己的手指，
去曳天庭裂缝的指环[2]。

沼泽里有只苍鹭在叫唤，
踏得水扑哧扑哧直响。
一颗孤星从云背后窥探，
像一滴水掉落到地上。

---

① 这首诗在诗人生前没有发表过。
② 喻指月亮。

我真想在这浑浊的烟里，
用那颗星去点燃森林，
随它们也在烈火中死去[1]，
如闪电的反光没入天庭。

（1913—1914年）

① 诗人仿佛想用星星点燃森林而起的大火烧死自己，以熄灭自己恼人的乡愁。

秋

在那遍布悬崖的桧树密林中，
秋这匹棕黄色牝马悄悄搔鬃。

在河两岸草木覆盖物的上方，
但听得秋的脚掌的蓝色叮当[1]。

风儿苦行僧举着小心的脚步，
在高起的路面上踩踏着叶簇，

还为那望而不见的耶稣神像，
在山楂林中舔吻红色的创伤。

（1914年）

---

① 是通感手法："蓝色"的视感与"叮当"的听感在诗人的思维中获得贯通。"蓝色"又是叶赛宁喜爱的色彩象征之一，象征着宁静、平和的心境。

在　农　舍

酥脆的烘饼扑鼻子喷香，
克瓦斯[①]发酵桶立在门旁，
炉炕[②]边长锈的凹处[③]上方，
朝缝里正钻进几只蟑螂。

炉盖上缭绕着袅袅油烟，
炉膛里积存着条条灰烬，
在长板上的盐罐子后边，
新打的鸡蛋壳依然留存。

母亲脊背已躬腰已弯，
炉叉她已经拿不起来，
老公猫悄悄溜近陶罐，

① 克瓦斯，一种用面包、水果发酵而成的清凉饮料。

② 炉炕，俄罗斯农村中传统的生活设施，既可取暖，又可作床，类似中国北方农村里的炕。

③ 凹处，炉炕壁上可以放火柴等物的小块地方。

去偷喝热气腾腾的牛奶。

不安的母鸡咯咯叫着，
站在木犁的辕木上头，
公鸡在院子里唱起歌，
像给和谐的弥撒伴奏。

在那开向穿堂的窗口，
挤着几只毛茸茸的小狗，
一听到顿觉恐怖的喧闹，
从屋角钻进了车轭里头。

（1914年）

你多美，罗斯，我亲爱的罗斯[①]……

你多美，罗斯，我亲爱的罗斯……
农舍像一尊尊披袈裟的圣像……
一眼望不到你的尽头啊，
独有碧空在吮吸我的目光。

我如一个远道的朝圣者，
把你的田野尽情瞭望。
在你那低矮的寨墙近侧，
白杨迸发凋零的脆响。

在救主节来临的个个教堂
飘散着苹果和蜂蜜的芳香。
草场上人们围跳起轮舞来，
圈外是欢快的民间舞的声浪。

---

① 罗斯，11至17世纪俄国史书中对俄罗斯疆域的称谓。叶赛宁常借用罗斯称呼俄罗斯，以赋予此词以民族传统的修辞色彩和诗人独特的怀古之情。

我沿着踩踏过的小径，
奔向宽广的绿色草场，
迎着我响起少女们的笑声，
仿佛一串耳环在作响。

假如天兵朝着我喊叫：
“快抛弃罗斯，住进天国！”
我定要说：“天国我不要，
只须给我自己的祖国。”

（1914年）

我是牧人；我的宫殿……

我是牧人；我的宫殿——
块块田亩正绿波荡漾，
青山的斜坡映入眼帘，
鹬鸣声声在耳边回响。

云儿聚在树林的上空，
用黄色飞沫将花边织造，
我在那凌空的悬崖下，
朦胧地静听低语的松涛。

白杨披着露珠的衣衫，
在沉沉暮霭中绿光莹莹。
我是牧人；我的宫殿——
是田野一片柔软的绿茵。

母牛同我侃侃谈心，

用点头示意的语言。
一片芬芳的阔叶林，
用树枝唤我到河边。

我忘却人世间的不幸事，
在砍倒了的树枝上安眠。
面对殷红的朝霞画十字，
还在小溪旁进着圣餐。

（1914年）

你呀，我背离了的故乡

你呀，我背离了的故乡，
你呀，我的故乡，荒原，
那一片无人收割的草场、
森林，还有那座修道院。

木屋一栋栋东倒西歪，
总共不过有五户人家。
屋顶的盖草如波涛澎湃，
像泽间小道[①]般的朝霞。
在那禾草的袈裟下面，
裸露出了刨光的叉梁，
风儿还把太阳的光点，
洒到灰蓝色的霉斑上。

乌鸦扑扇着它的翅膀，

① 泽间小道，是在沼泽或泥泞地用树干、树枝等铺出的通路。

撞起窗户来弹无虚发，
稠李树把衣袖只一扬，
风雪似的洒一身落花。

莫非你的往事和生活，
都已变成柳丛的传闻？
针茅草悄悄在黄昏时刻，
把它告诉了我这旅人？

（1914年）

泥泞地和沼泽茫茫无边

泥泞地和沼泽茫茫无边，
头上是蓝手帕似的苍天，
森林用它镀金般的针叶，
给天穹佩戴无数的花环。

从树林的一绺绺鬈发中，
山雀发出了啾啾的尖叫。
那一棵棵茂密的罗汉松，
梦中谛听刈草人的喧闹。

沿草地嘎吱嘎吱地开过
一列长长的装货的车队——
从那些车轮上飘散出
一股干燥的椴树气味。

爆竹柳像在侧耳听着

风儿吹奏的啸声悠悠……
你是被我忘怀的处所，
你是生我养我的故土！……

（1914年）

母亲的祈祷[①]

一所破旧的小屋，
站在尽头的村边，
老母亲正在祈祷，
在屋角圣像面前。

老母亲正在祈祷，
心中把儿子怀想——
儿子在保卫祖国，
在那遥远的边疆。

老母亲正在祈祷，
一手拭擦着泪花，
在她疲倦的眼里，
联翩的浮想如画。

① 这首诗显然受民谣中母亲为出征的儿子祝祷的主题的影响，但并无模拟的痕迹。歌颂母爱是叶诗基本主题之一，但诗中的卫国牵扯一战期间沙皇政府强迫征兵的政治因素，引起了一定的争论。

她此刻看见田野——
那是厮杀的疆场，
疆场上看见儿子——
阵亡的英雄好汉。

在他宽阔的胸前，
伤口的血已凝固，
敌营飘扬的旗帜，
他两手牢牢握住。

老母亲给愣住了，
她幸福夹杂悲痛，
白发苍苍的头啊，
顷刻耷拉在手中。

稀疏的几丝银发，
把她的眉毛盖住，
从眼眶流出泪花，
像散落一串珍珠。

（1914年）

赶　车　人

我在蜿蜒如带的荒原驰奔，
朝着凹凸不平的草地远去。
哎，你们，我亲爱的雄鹰，
快快把我拉出这个疆域！

远方那房屋低矮的小镇，
沉浸在一片薄暮的烟霭。
美人儿早也盼呀晚也等，
在迷人的闺房望我归来。

车轭新刷过了一层油漆，
黑暗中闪着镀金的光亮。
啊，你们，飞驰的雪橇，
和鹅毛大雪的纷纷扬扬！

铃声刺耳，铃声悠远，

皮马套摇响无数小铃。
全镇人一齐走出相迎。

将走出小伙，将走出姑娘，
一齐赞美冬日的黄昏，
他们嘹亮圆润的歌唱，
通宵不停地响到清晨。

（1914年）

罗　斯[1]

一

荒村没入了坎坷的地域，
森林掩映着茅舍间间，
从土墩和洼地极目望去，
才见一片茫茫的蓝天。

在那漫长的冬日的黄昏，
荒野里的恶狼嚎叫不停，
在晨霜闪耀的家家院内，

① 此诗完整地抒发了叶赛宁对家乡和祖国的自然景色、风土人情和古老传统的挚爱，诗中真实而细腻地刻画了革命前农民的内心世界，满怀同情地描绘了战争给他们带来的沉重苦难。由于反映了当时人们谈论不休的帝国主义战争，此诗立刻给叶赛宁带来很大的声望。诗中出现了叶赛宁早期创作中两个常见的基本主题：对故乡和祖国的热爱和对乡土的卫士和耕夫——农民命运的担忧。叶赛宁对农民的描绘，不是作为现实的反叛者，而是作为传统的携带者。这也反映在诗题上："罗斯"一词原指11至17世纪史书中俄罗斯国家的疆域，为了传达诗人内心对民族传统的向往，他常用"罗斯"称呼俄罗斯。

檐篷上飞起马的响鼻声。

点点灯光似猫头鹰的眼睛，
从树枝后窥望风雪的披巾，
个个树桩站在阔叶林网外，
俨然像那林中的恶煞凶神。

妖魔的势力吓住了我们，
凡是冰窟窿，总会有巫神，
在暮霭沉沉的霜冻季节，
小白桦的身上花边晶莹。

二

但我爱你啊，温柔的祖国！
为什么爱你，我难以自猜，
春天草地上欢歌四起，
你短暂的喜悦也叫人欢快。

我喜欢谛听那草垛之上
夜晚蚊虫的嗡嗡鸣叫，
小伙子们一拉起手风琴，

姑娘们便到篝火旁欢跳。

马蹄铁般眉毛下的明亮眼睛，
宛如黑色的醋栗果光彩熠熠，
啊，我的罗斯，亲爱的祖国，
在峨参草[1]的丝绸里休憩多惬意。

三

黑色的乌鸦哇哇地一叫，
可怕的灾难就接踵来到。
旋风把森林扭向四方，
湖水浪花尸布般向人招摇。

雷声一响，天空的巨碗碎了，
撕裂的乌云裹缠着森林，
在那用薄金制的吊灯架上，
天堂的神灯便摇晃不停。

乡警们挨户在窗前通知，

① 峨参草，一种芳香的野草。

壮丁都得上沙场去杀敌，
镇上的妇女都嗷嗷不止，
哭声打破了周围的沉寂。

和平的农夫已准备上路，
没有悲伤、埋怨和哭泣，
往小口袋装进抹糖面包，
再把它们塞进大车里去。

人们成群结队送他们出村，
一直送到那高高的寨墙……
罗斯，你的好男儿在这里，
他们是你艰难岁月的指望。

四

全乡人苦苦地等不着信息——
亲人们在远方到底怎样？
为什么不见人捎个信来——
莫不是已在激战中阵亡？

丛林里处处有神香扑鼻，

风中仿佛听得白骨敲击，
突然间从遥远的区乡，
向他们传来一大堆消息。

耕夫们珍藏着对家人的思念，
费劲地给他们个个涂了短简。
家人伸手接过了递来的便条，
然后又坐下继续编织柳条边。

他们围着读信人卢莎，
争相探听爱听的消息。
听到亲人武士的战绩，
他们都蹲在地上哭泣。

五

啊，我的田野，可爱的犁沟，
你们在悲伤中也可爱！
我爱这些破败的农舍，
和白发老母亲们的期待。

我要跪倒在桦皮鞋跟前，

愿你们——耙、镰和犁安宁！
我凭着未婚妻们的目光，
猜得出未婚夫在战场的命运。

我屈服于那些软弱的念头，
但愿做长在水边的杂树。
我要随农妇们笃信美满，
点燃着黄昏星星的蜡烛。

我识破星星无数的想法，
响雷和黑暗都吓不退它们，
扶着木犁听着祖传的歌，
死神和监狱都不会入梦。

他们都相信这些费了劲
才写成的潦草的书信，
他们幸福和高兴得哭了，
像久旱逢甘霖那样欢欣。

遥想和亲人告别的时刻，
脚下草绵绵，头上露盈盈，
仿佛他们又在迷雾的远方，

正是草场割草的欢快场景。

啊，罗斯，我温柔的祖国，
我心中只把对你的爱铭刻，
你短暂的欢乐令人愉快啊，
听着春天草地上响亮的歌。

（1914年）

篱笆上挂着一圈圈小面包

篱笆上挂着一圈圈小面包，
解冻天散发家酿酒的芳香。
蔚蓝的天空被蒙上一道道
像刨平的板条似的阳光。

集市戏台、树墩和木橛，
旋转木马上的你呼我喊，
天旋地转，无束无拘，
小草踩折腰，树叶被踏烂。

马蹄嗒嗒，女小贩喊哑嗓门，
蜂房块[1]发出醉人的蜜香。
若是不灵巧，你可得当心：
旋风搅得尘土飞扬。

---

① 这是指卖蜂蜜的一种方式，买者可掀开成块的蜂房的蜡盖，品尝新鲜的原蜜。

为了兜售鳊鱼制的染发药，
村妇们清晨吆喝般叫卖，
那莫不是你绣花边的披巾，
绿莹莹地在迎风摇摆？

啊，歌声豪放，纵情吟唱，
调门真欢快，木笛多和谐，
给我唱一曲斯杰潘·拉辛
怎样淹死他的公爵小姐[1]。

罗斯，是你在小径和大道
四处抛扔你大红的盛装？
你切莫用那严峻的祈祷
责怪我充满愠怒的目光。

（1915年）

（以上顾蕴璞译）

① 这里指的是斯杰潘·拉辛一次俘获一个波斯公爵小姐，将她留在身边，遭到部下的一致反对，最后被迫把她淹死。

黑麦开始枯萎，燕麦的胚芽不能破土

黑麦开始枯萎，燕麦的胚芽不能破土，
干旱窒息了播过种的耕地。
村姑们举着神幡前去祈祷，
脚下田垄里留有麦茬痕迹。

教民们在密林旁边集合，
强压难以忍受的忡忡忧心。
瘦弱的教堂执事嘴里咕哝：
“上帝啊，救救你的世人。”

苍天的大门渐渐开启，
助祭以浑厚的嗓音宣布：
“同胞们，让我们再次表示虔诚，
求上帝降雨湿润我们的田亩。”

一群快活的小鸟在爽朗地唱歌，

神父从掌窝里洒下水珠，
叽叽喳喳的喜鹊有如媒婆，
回应这群求雨的香客。

小树林后边泛起浓郁的霞光之雾，
有如浮云麻布在缓慢爬行，
溪水茫然地发出汩汩声响，
流经灌木丛之间的干瘪草茎。

农夫们摘掉头上的便帽，
一边叹息一边祷告：
“庄稼都抽穗了，不算不好，
可都被这干旱的天气毁了。”

乌云像马拉着雪橇，
马套上跳跃着青蓝、抖颤的火苗……
小伙子们都跑到草地上欢呼：
“雨啊，雨啊，快把我们的黑麦浇！”

（1914年）

新　雪

我纵马前行，雪野寂静，
听得见马蹄的嘚嘚声，
唯有一群灰暗的乌鸦，
在草场那边聒噪不停。

林中的树木正在梦幻中打盹儿，
有如童话，被巫婆施了魔法。
就像扎着洁白的头巾似的
青松的头顶覆盖着雪花。

这松像一个腰弯背驼的老妇，
躯体靠拐棍支撑，
而在树顶上，有一只啄木鸟，
正在把枯枝啄个不停。

马儿奔驰，旷野广阔无垠，

纷纷扬扬的雪花把披巾编织，
这永无尽头的路途
像飘带似的通往无边那远处。

（1914年）

铁　匠

晦暗的铁匠铺令人喘不过气，
难以忍受的闷热令人窒息，
刺耳的尖声以及噪音
让人的头脑昏沉不已。

铁匠将身子弯向打铁的铁砧，
不停地挥动两只手臂，
面前溅起一团团闪烁的火星，
仿佛是在把红色的网编织。

他那勇敢而严峻的目光，
闪射出一道星火的彩虹，
如同雄鹰振翅腾飞，
正欲飞向遥远的海空。

锻吧，铁匠，使劲锤打，

任汗水从脸上流淌。
让心灵之火去燃烧，
甩掉痛苦、不幸和忧伤！

让自己的激情也得到锻炼，
打造得像钢铁般坚强，
你就驾驭自己奔放的理想，
飞向那九霄云外的远方……

在那乌云密布的后边，
迈过晦暗岁月的门槛，
便是太阳那强烈的光线，
照射在千里沃野的上面。

那里所有的牧场和田地
都沉浸在白昼的蔚蓝里，
在精心耕作的土地上，
绿色作物正茁壮成长……

以新的力量飞向太阳吧，
在阳光里让自己更亮。

抛开令人厌恶的胆怯，
尽快抛弃那可耻的惊慌。

（1914年）

早　安

金光灿灿的星星已开始打盹儿，
明镜似的河湾开始颤动。
晨曦映照着小河湾，
也染红了网状的天穹。

睡眼惺忪的小白桦露出了微笑，
披散开缕缕如丝的发辫。
嫩绿的花序瑟瑟有声，
露珠的银光熠熠闪闪。

篱笆旁的荨麻已经长起来了，
用鲜艳珠母贝把自己打扮，
它淘气似的摇晃着脑袋悄声说：
“早晨好啊，祝你早安！”

（1914年）

乌云在丛林里勾织起花边……

乌云在丛林里勾织起花边，
刺鼻的烟雾已经升腾，
此刻我正远离故乡的林边草地，
驶出了车站，一路泥泞。

树木凝然不动，没有伤感没有叹息，
夜幕像头巾悬浮在松林后边。
欲哭无泪的思绪吞噬着心……
啊，我的故乡，你也愁眉苦脸。

纵树姑娘们都心情郁闷，
我的车夫为提精神，便唱：
“我会死在监狱的牢铺上，
还会被人胡乱埋葬。”

（1915年）

稠 李 树

芳香四溢的稠李树，
随着春天的到来繁花似锦，
金灿灿的枝条盘了起来，
宛如卷发，靠得紧紧。

周身呈现蜜香的露珠儿，
顺着树皮向下蜿蜒，
露水滑出了馥郁绿色痕迹，
银光闪闪，晶晶熠熠。

缎子般光滑的花穗，
露珠如珍珠般灿烂，
就像漂亮女孩耳垂上
闪耀着亮晶晶的耳环。

而旁边，残雪消融的地方，

树与树根部之间的草地，
是一条银光闪闪的小溪
匆匆地奔流不息。

芳香四溢的稠李树，默然站立，
向四方伸展开自己的枝条手臂，
而泛着金光的绿叶
仿佛在阳光之下燃烧自己。

溪水溅起的浪花，
抛洒在稠李的枝条上，
就在陡坡之下
它悄声为稠李树歌唱。

（1915年）

狗的颂歌[①]

早上，在黑麦秆搭的狗窝里，
破草席上闪着金光：
母狗生下了一窝狗崽——
七条小狗，绒毛棕黄。

她不停地亲吻着子女，
直到黄昏还在给它们舔洗，
在她温暖的肚皮底下
雪花儿融成了水滴。

晚上，雄鸡蹲上了
暖和的炉台，
愁眉不展的主人走来，
把七条小狗装进了麻袋。

① 高尔基对这首诗以及叶赛宁的抒情才能给予了很高的评价。

母狗在起伏的雪地上奔跑，
追踪主人的足迹。
她来到尚未冰封的水面，
凝视着泛起的涟漪。

她舔着两肋的汗水，
踉跄地返回家来，
茅屋上空的弯月，
她以为是自己的一只狗崽。

仰望着朦胧的夜空，
她发出了哀伤的吠声，
淡淡的月牙儿溜走了，
躲到山冈背后的田野之中。

于是她沉默了，仿佛挨了石头，
仿佛听到奚落的话语，
滴滴泪水流了出来，
宛如颗颗金星落进了雪地。

（1915年）

母　　牛

老态龙钟，牙齿已经脱落，
双角上旋着一圈圈岁月的印记。
在年复一年翻耕的田野上，
粗暴的主人曾抽打它的背脊。

内心不喜欢喧嚣，
老鼠却在角落里骚扰。
想起那只白蹄的初生犊，
母牛陷入了揪心的苦恼。

不把婴儿交给母亲，
生育的喜悦便毫无意义。
母牛被拴在白杨下的木桩上，
风反复撩弄它的毛皮。

快了，在荞麦地的清香中，

同儿子的命运一样，
人们会把绳索套在它脖子上，
然后拉它去屠宰场。

双角戳进了泥土，
悲哀，伤心，绝望……
它梦见一片苍白的丛林，
还有一片草儿菁菁的牧场。

（1915年）

乞讨的小姑娘

小女孩儿在高宅的窗下哭泣，
里面传出的却是银铃般欢声笑语。
小姑娘哭着，肃杀的秋风吹得她发抖，
她用冻僵的小手抹着脸上的泪滴。
她满面泪水，乞讨一小块面包，
屈辱和不安使她变得细声细气。
可宅里取乐的喧闹淹没了这话音，
小姑娘站着，在嬉戏声中哭泣。

（1915年）

在云山后边，在黄土山谷后边

在云山后边，在黄土山谷后边，
延伸着一条乡村小路。
我看见森林和落日的光焰，
看见篱笆全身都被荨麻缠住。

那边，在教堂的圆顶之上，
一清早就泛起天空微粒的蓝光，
湖面上吹过来的湿润微风，
似乎让路边的小草丁零有声。

不是由于歌唱沃野的春天之歌
我才珍爱这绿色广阔平原，
如同仙鹤满怀忧愁，
我爱上了坐落高山的修道寺院。

每天傍晚，当蓝天渐渐晦暗，

晚霞在桥头悬挂，
我可怜的朝圣者，你就走来
躬身祈祷爱情，亲吻十字架。

修道士有一颗善良的心，充满了温情，
可要倾听和记住他祷告的内容，不能含混。
请你在救世主面前也为我祷告，
为我这不可救药的灵魂。

（1916年）

蔚蓝的苍穹，七彩的长虹

蔚蓝的苍穹，七彩的长虹，
广阔的草原，渐行远去，
赏心悦目的村庄，炊烟袅袅，
围栅上仿佛在举办乌鸦的婚礼。

我又望见那熟悉的悬崖，
那泛红的黏土，那柳树的枝杈，
棕色的燕麦在湖水上方遐想，
弥漫着野菊的芬芳，胡蜂的蜜香。

故乡啊！亲爱的罗斯和摩尔多瓦人啊！
你依然靠愚昧的寓言故事生存，
在天使羽翼的温情呵护下
无名死者坟前的十字架也发出了声音。
祖国啊，多少人为了你的容貌，
在潮湿的矿井下受过煎熬。

那气势汹汹的恶人为数不少，
妄想把你胸前的浆果咬掉。

我坚信一点：那将无法生存，
如果不喜欢设有拘留所和监狱……
真理永恒，森林有声，
即使伴有镣铐之音，也振奋人心。

（1916年）

（以上王守仁译）

在一抹暗淡的林梢背后

在一抹暗淡的林梢背后，
那难以摇撼的蓝天之上，
一只鬈毛小羊——新月，
像在浅蓝的草地上游逛。

在一泓静悄悄的湖水中，
新月的角和香蒲相触撞，
仿佛从遥远的小径流来，
湖水在把四周的岸摇晃。

那绿色帷幕披盖下的草原，
飘散着稠李的落红似烟，
在山谷背后，山坡之上，
滚动着一团想搭窠的火焰。

啊！针茅草丛生的故乡，

你的平静我感到亲近，
但在你那密密的丛林里，
满怀着盐碱土般的忧闷。

你也像我在哀伤的圣礼中，
忘却了谁是朋友和敌人，
心里总在苦苦地思念着
玫瑰般的天和白鸽似的云。

但黑暗透过浩茫的碧空，
正怯生生地对你指西道东：
那边是西伯利亚的铁枷，
这边是乌拉尔山的驼峰。

（1916年）

我又回这里我的老家[①]

我又回这里我的老家，
我的故乡，你沉思而温柔！
冥冥的黄昏满头鬈发，
在山后挥动着雪白的大手。

阴晦的日子两鬓斑白，
从身旁飘过，披头散发，
夜晚的哀愁频频袭来，
搅得我心波平静不下。

在个个教堂头颅的圆顶，
晚霞投下了更低的光芒。
往昔曾一起欢娱的朋友们，
我再也见不着你们的脸庞。

① 叶赛宁从1912年只身由家乡康斯坦丁诺沃村去莫斯科后，一直身居城市而心思乡村，曾几度返回家园省亲忆旧，并写下一批抒发乡愁的杰作，这是其中最著名的一篇。

年光沉入了忘怀的大海，
你们也跟随它不知去向，
只有那一泓清清的流水，
在鼓翼的风车下哗哗喧响。

我常常全身被暮色笼罩，
耳听着香蒲折裂的声音，
朝烟雾缭绕的大地祝祷
一去不返的遥远的旅人。

（1916年）

晚霞的红翅膀渐渐消退

晚霞的红翅膀渐渐消退，
篱笆在雾中悄悄地打盹。
我白色的农舍啊，别为了
又只剩下你和我而愁闷。

一钩弯月在农舍的草顶
刷洗自己箍蓝边的双角。
我没有跟她走，也不曾
送她到幽僻的禾垛外上道。

我自知岁月将冲淡不安，
这痛苦会和时光一样流尽。
她正为另一个人保护着
自己的芳唇和纯净的心灵。

祈求欢乐的并不是强者，

只有高傲者在力量中生存。
另一人定将摆布并抛弃她，
当作潮湿发霉的车轭抛扔。

出于苦闷我期待着命运，
新雪将恶狠狠地飞旋，
她定会来到我的故乡，
给自己的孩子带来温暖。

她脱下皮大衣，解开披肩，
挨着我在炉旁坐下烤火，
并将平静而温柔地说起，
孩子的模样长得像我。

（1916年）

大路把红色的黄昏怀想

大路把红色的[1]黄昏怀想，
山楂林没入了雾霭沉沉。
木房老太用门槛的牙床
咀嚼香甜面包心——寂静。

秋寒似烟雾亲昵而温顺地
偷偷袭向晒燕麦的场院。
金发少年透过蓝玻璃，
把寒鸦的嬉戏定睛饱看。

绯红的炉中飞出绿灰烬，
围着烟囱闪遍了农具棚。
有人不见了，薄嘴唇的风
把夜间消踪者悄声议论。

---

① 在叶赛宁爱用的色彩象征中，“红色”是不安或不祥的象征。这里暗喻乡村前途未卜。

那人的脚跟不会再踩踏
林中的败叶和金色的衰草。
凤头猫头鹰的喙翻飞着，
吻着长叹，声音很细小。

夜愈深，畜栏里宁静昏沉，
白色的路像险沟的饰纹……
大麦秸柔声呻吟，悬挂在
那频频点头的牛的嘴唇。

（1916年）

平板大车嘎嘎地唱起歌[①]

平板大车嘎嘎地唱起歌，
原野和树林退奔向后方。
一座座教堂从路边又闪过，
荐亡的十字架更添凄凉。

一阵含燕麦味的风吹来，
又勾起我暖洋洋的忧伤。
我不禁用手画起十字来，
朝钟楼抹石灰浆的砖墙。

啊，罗斯，绛红的田地，
和那倒映在水的蓝天。
我爱你湖泊的满腔忧郁，
爱得我心里又疼又喜欢。

① 诗中的平板大车成为古老的罗斯的象征。平板大车的缓缓运行和运行时所发出的嘎嘎声响，从形状和声音再现了古老的罗斯乡村的传统和风貌。

冷峻的灾难无法可估计，
你[1]在蒙蒙的雾岸锁着眉。
但要不爱你和不信任你——
我却无论如何学不会。

（1916年）

① 你，指罗斯。

再见吧，家乡的密林

再见吧，家乡的密林，
告别了，金色的泉流，
一团团飘浮的乌云，
扯碎在阳光的犁头。

辉耀吧，晴朗的天，
我心里却需要忧愁。
在我的皮靴筒后边，
再也无须乎带匕首。

在夜阑人静的时刻，
在马驹腹下难入梦，
连踯地有声的欢乐，
也难震得响这森林。

风雨必然要临降，

损失也不可幸免，
为了要在青天拉响
那隐身的天门铁环。

（1916年）

花楸果又已红了

花楸果又已红了，
河水变得蓝莹莹，
月亮，忧郁的骑手，
掉落手中的缰绳[①]。

像只蓝色的天鹅，
黑暗又从林中游出，
它用翅膀带来了
创造奇迹的圣骨。

故乡，生我的故乡啊，
永恒的耕者和战士，
如柳树下的伏里加[②]
你低头陷入了沉思。

① 喻指月光。
② 伏里加，俄国民间文学壮士歌中的英雄。

起来吧，你痊愈在望，
救世主也把你访问。
那天鹅的最后一唱
抚慰你眼睛的彩虹。

这日暮黄昏的祭奠，
已将全部罪过赎回，
这酝酿成熟的雪片
散发着凉风的芳菲。

但这隐身的酵母菌①，
也越发温热了起来……
我，谢尔盖·叶赛宁，
细雨中将把你缅怀。

（1916年）

① 是省略喻本的隐喻，意为思绪的酵母菌，在胸中孕育起来，针对雪片的酝酿成熟而言，内心的发酵自然是看不见的。

乌云仿佛在产驹

乌云仿佛在产驹，
像百匹母马嘶鸣，
火焰般的红色双翅
啪啪响在我头顶。

天穹像一只乳房，
繁星是奶头满天。
上帝的名字怀胎了，
在母羊腹中繁衍。

我相信明天清晨
当晨曦刚刚迸射，
迷雾下即将降临
一个新的拿撒勒[1]。

---

① 拿撒勒，是加利利的一个小城。据《圣经》故事，天使加伯利向马利亚预言，她将在这里生下耶稣。新的拿撒勒，喻指新的信仰的预言家。

田野定将会讴歌
这一次新的降生。
朝霞像一只公狗，
在山后汪汪不停。

不过我知道将有
可怕的呼喊号哭，
人们都将会拒绝
为新的圣像庆祝。

当宝剑铿锵一响，
大地的嘴便倒竖……
将从晚霞的脸庞
跳下岁月的颧骨。

它们宛如扁角鹿，
向异国草原逃遁，
那里有新的西面[①]，
举起双手来欢迎。

（1916年）

① 据《圣经》载，西面受圣灵感动，进入圣殿时遇见耶稣的父母抱着孩子来，他马上进去抱过孩子，向他们祝福。

碎银般铮铮作响的小铃铛

碎银般铮铮作响的小铃铛，
是你在歌唱？是我在遐想？
粉红色圣像放出的光环，
正映照在我金色的睫毛上。

纵然如今的我不再是
鸽哨声中那个温柔少年，
遥想异地的小小树林，
我的梦欢快温顺如从前。

我并不需要坟墓的叹息——
话语无法和神秘拥抱，
但求你教会我一件事：
能够叫我永远醒不了。

（1917年）

明天你早早地把我唤醒[①]

明天你早早地把我唤醒，
啊，我忍苦耐劳的母亲！
我要到道旁小冈后欢迎，
我的这一位尊贵的客人[②]。

今天我就在密林中间
看见了两道宽宽的车辙。
在那白云覆盖的天幕下，
风儿拂动他金色的马轭。

明天他又会驰过这天庭，
把月亮小帽压在树枝下，
而那匹母马在平原上空，
又将调皮地甩动红尾巴。

① 据叶赛宁的夫人C.A.托尔斯泰娅·叶赛宁娜回忆："用叶赛宁的话来说，这首诗是对二月革命的最初反响。"

② 指被诗人视为革命的象征的太阳。

明天你早早地把我唤醒，
在我们的小屋点亮了灯，
人们都说我不久将变成
大名鼎鼎的俄罗斯诗人。

我要歌唱你[1]和这位客人，
歌唱炉灶、公鸡和祖房……
我的诗中一定会流进
你那棕黄色母牛的乳浆。

（1917年）

---

① 这里的“你”不仅是指生身的母亲，而且指作为故乡的象征的母亲，与作为革命象征的太阳客人一齐成为叶赛宁的讴歌对象。

你在哪里，在哪里，我的家园[1]

你在哪里，在哪里，我的家园？
你在岗丘下曾经给过我温暖。
还有我那蓝蓝、蓝蓝的花儿，
还有那没人踩过的一片沙地；
你在哪里，在哪里，我的家园？

河那边公鸡打鸣欢唱，
牧童在那里牧牛放羊，
水中的倒影熠熠闪射
三颗遥远的星的光芒。
河那边公鸡打鸣欢唱。

时光像展翅的风磨一样，
在村庄外面垂下了月亮，

① 诗人在诗中采用了每个诗段首尾两行诗相互重复的形式，使得诗人所欲倾泻的乡愁变得绵绵不绝，产生出愁肠百转的奇妙的美学效果。

钟摆般把它放进黑麦田，
去倾注隐身的钟点的雨。
时光像展翅的风磨一样。

这场雨射出了阵阵利箭，
在乌云里把我的家园急旋，
割下我那蓝莹莹的花儿，
猛砸我那金灿灿的沙地，
这场雨射出了阵阵利箭。

（1917年）

我踏着初雪信步前行

我踏着初雪信步前行，
心潮迸涌如初绽的铃兰。
黄昏在我的道路上空，
点起了星星的蓝色烛焰。

我不知是光明还是黑暗，
密林中是风啸还是鸡啼，
也许田野上没有降临冬天，
是一群天鹅栖落在草地。

啊，多美，这洁白的雪布！
微寒使我热血腾起！
多么想把白桦袒露的胸脯，
紧紧贴住我的躯体。

啊，林中遮天蔽日的雾气！

啊，白雪皑皑的原野多快慰！
多么想把我的两只手臂，
嫁接上柳树的木头大腿。

（1917年）

啊，故乡！

啊，故乡，啊，有多好，
这金椽玉瓦作顶的新房！
快吹起号角，学牛欢叫，
吼得像春雷牛犊一个样！

我漫步在蓝莹莹[①]的乡间，
这里的一切都宁静宜人，
我发了疯似的成天狂欢，
但我完全像你啊，母亲。

就在开怀狂饮的学堂里，
我强固起了肉身和智能。
从白桦林的簌簌喧哗里，
萌生出你那春天的喧腾。

---

① 这里的蓝色并非实写，纯系色彩象征，叶赛宁喜欢用蓝色来象征对所写事物的欢娱之情。

我也爱你身上种种毛病，
或酗酒作乐，或拦路劫抢，
或者通宵浪荡到天明，
像一颗晨星消失在东方。

我想由着自己的兴头，
揉抚并占有你的全身，
然而我要痛苦地诅咒：
你偏偏就是我的母亲。

（1917年）

同　　志[1]

他原是个普通工人的儿子，
关于他的故事说来短得很。
他身上只有两点值得一提：
夜一般的黑发，温顺的蓝眼睛。

他父亲从一清早直到傍晚
当牛作马为了全家温饱；
但他却没有什么事可做，
他有两个同志：耶稣和猫。

这是一只年老、耳聋的猫，
无论老鼠、苍蝇都听而不闻，
耶稣躺在圣母的怀抱里，

① 叶赛宁写作这首诗时，正值彼得格勒马尔索沃教场上举行二月革命中牺牲的战士的安葬仪式。本诗所用宗教象征与勃洛克的长诗《十二个》有点类似，用基督象征作为工人儿子的“同志”。但《十二个》以基督的名义祝福革命，而《同志》却证实了对基督的信仰遭到了革命的猛烈抨击。

从圣像上望着房顶下的鸽群。

有个马尔丁，谁也不知道他。
岁月闷闷敲，似雨点打铁皮。
只是偶尔在吃清茶淡饭时，
父亲曾教过他学唱马赛曲。

“等你长大了，他说，就会明白……
懂得我们为什么这样贫穷！”
在起码的食品面包心之上，
他那把缺口的刀闷声抖动。

但在木板窗户
　　下面——
两股风把翅膀
　　振展；
这是随春水泛起
　　烈焰，
俄罗斯人民已经
　　冲天……

波涛汹涌，

雷电歌唱！
幽蓝之中，
双目闪光。

挥动复挥动，
尸体堆尸体；
恐怖折断了
坚硬的牙齿。

腾飞又腾飞，
呼喊再呼喊！
泉水奔流进
无底的深渊……

忽然间朝着一个人
敲响了凄凉的丧钟……
但相信我，他没有在
敌人的逼视前丧魂！

他的心一如以往，
毫无惧色真坚强，
那没有血色的手，

想伸出攫取希望。

他没有虚度此生，
没有白白揉鲜花[1]；
但熄灭了的梦幻
同你们万别千差……

突然间出人意料，
从老家的台阶前，
向着马尔丁传来，
父亲最后的呼喊。

带着暗淡了的眼，
带着吓紫了的唇。
他倒下身子跪着，
搂抱冰凉的尸身。

于是他扬起了眉，
用手擦一擦眼睛，
重又跑回了农舍，

① 喻指拥抱女人。

在圣像面前站定。

“耶稣，耶稣，听见吗？
看见吗？我孤身一人。
正在呼唤、叫喊你呀，
你的同志马尔丁！

父亲已被杀死了，
但没有像懦夫倒下，
我听见他的呼唤，
我的忠诚的耶稣啊！

他呼唤我们去帮助
挣扎中的俄罗斯人，
还号召我们去卫捍
自由、劳动和平等。”

温柔地聆听着这番
纯朴的话语的声响，
耶稣便下凡到尘世，

从不可动摇的手上[①]。

手挽着手齐向前，
夜色茫茫漆一片！……
这灰暗的寂静啊，
像个灾星神气活现。

幻想开出了希望花；
盼永世自由的命运。
二月吹来的温和风，
给父子俩眼睑以温存。

但突然火光闪耀……
黄铜的重物吠叫了，
耶稣的这个婴儿，
被命中一弹躺倒。

　　听着：
从此不再有复活了！
他的尸体已被埋葬！

① 指从圣母的怀里。

他躺在
那马尔索沃
广场[①]上。

而在只留下母亲
不再有他的
地方，
一只老猫
坐在窗前，
用爪捕捉月亮……

马尔丁在田间爬着说：
“我的雄鹰啊，雄鹰，
你们被擒了，
已被擒！”
他的声息越发低沉，
如有人在压他，掐他，
用火燎他。

但窗外有声音

① 马尔索沃广场，在彼得格勒（今圣彼得堡），1917年3月3日在这里隆重地埋葬二月革命的牺牲者。如今在广场中央竖立了二月革命烈士纪念碑。

很平和，
忽而熄灭，忽而
又坠落
铁一般的
字眼：
“共——和——国”

（1917年）

（以上顾蕴璞译）

我细看田野，细看蓝天

我细看田野，细看蓝天，
田间和青空都有天堂。
又是已收割下来的一垛垛庄稼
布满了我那尚未秋耕的故土家乡。

又是那原始丛林里，
牛羊成群，处处可见。
来自绿色山巅的一条小溪
潺潺有声，金光闪闪。

啊，我知道，我坚信，
为解救绝望农夫的苦难，
才有人把救命的乳汁
倒给双手捧接的庄稼汉。

（1916年）

田野已收割，林木已光秃

田野已收割，林木已光秃，
迷雾和潮湿在水面留守。
那火轮似的夕阳，
已滚落在苍山的背后。

松软的道路迷迷糊糊，
它今天仿佛是异想天开：
等待，只要多少有点耐心，
那苍发的寒冬老人就会到来。

哎，昨天在喧嚣的丛林中，
我自己岂不也透过迷雾看到，
那马驹似的棕色月亮，
正拉着我们的雪橇驰骋。

（1917年）

绿波荡漾的发型

绿波荡漾的发型，
少女般的酥胸，
啊，苗条的小白桦，
你面对池塘寻找谁的身影？

风儿对你耳语什么？
尘沙为什么也悄声细语？
莫非你想摘下弯月当梳子，
好把你绿枝绿叶的发辫来梳理？

敞开吧，快对我敞开秘密，
敞开你那木质思想的谜底，
我早已深深地爱上了，
你那秋前郁郁寡欢的絮语。

于是，小白桦回答我：

“啊，你这好奇的朋友，
有一个牧人在这儿流过眼泪，
如今，泪珠成为夜空的星斗。

“月亮铺开了树荫床铺，
草木都露出了笑意，
牧人抱起我赤裸的双膝，
把我紧紧拥在怀里。

“就这样，牧人深深地叹了口气，
在树叶簌簌声中说道：
‘再见了，我心爱的，
只等来年雁群飞来了。’”

（1918年）

风啊，风啊，漫卷雪花的风哦……

风啊，风啊，漫卷雪花的风哦……
请你们看到过去的我。
我想成为一位阳光少年，
我想成为点缀草地的小花一朵。

我多想在牧人笛声的伴奏下，
为个人也为大家而牺牲自己。
黄昏落雪，满天飞舞，
如同繁星铃声缭绕耳际。

牧笛的颤音清脆爽朗，何其动听，
当它在风雪中化解痛苦。
我多想如金鸡独立，站在路边，
变成一棵挺拔的大树。

我多想在马的鼻息声中，

跟身旁的灌木一起拥抱，
月光爪子，请你们用水桶，
把我的忧愁打捞到天国去。

（1919年）

（以上王守仁译）

我离别了可爱的家园

我离别了可爱的家园，
把淡蓝色[①]的罗斯抛下。
池边三星般的白桦林，
把老母亲的忧伤融化。

月儿像金色的青蛙，
在静静的水面摊开。
像是白色的苹果花，
父亲的胡须已斑白。

我不会很快就回去的！
暴风雪将久久地喧鸣，
年老的枫树单腿独立着，
守卫淡蓝色罗斯的大门。

① 本诗第一节和第三节中两次运用“淡蓝色”来形容罗斯，纯系色彩象征性质，淡蓝色和蓝色一样，在叶赛宁的诗中象征一种欢快平静的感觉。

我知道喜吻落叶雨的人，
看到枫树定会高兴，
因为那老枫树的头形，
跟我的头相像得很。

（1918年）

约旦河的鸽子[①]

一

我的金晃晃的大地哟！
这清亮亮的秋的殿堂！
聒噪声声的一群大雁，
向着云天急急地飞翔。

这是一支数不清的大军——
面目焕然一新的生灵，
从那梦幻的湖面腾起，
向着天国的花园飞行。

① 据利别金斯基回忆，叶赛宁曾对他说过："知道吗，从前父亲骂我'布尔什维克'，现在我就骂他'富农'；这是在1918年。"这是他写作此诗的心态背景。诗题《约旦河的鸽子》取自《圣经》故事：基督在约旦河行洗礼时，见到从天而降的鸽子在他头顶上空翱翔——上帝为他祝福的征兆。叶赛宁想用这个典故来歌颂革命之顺应天时，把约旦河的鸽子化作一种象征。

雁群前头是一只天鹅，
眼含稠如密林的惆怅。
离岸的罗斯，这莫非是你
在天上这样落泪心伤？

飞吧，飞吧，莫要颤抖，
万事都有个开始和终了，
风声汇集成一曲挽歌，
歌声沉没在世纪的河道。

二

天穹像一口大钟，
月亮是它的钟舌，
我的母亲是祖国，
我是布尔什维克。

为了这普天之下
人们之间的博爱，
我要用歌声欢呼
你的死期的到来。

我长得结实、有力，
我要摆动这月亮，
撞击蓝色的大钟，
把你的覆亡敲响。

世俗的兄弟们啊，
我的歌向你们奉献。
令人心亮的信息，
我透过迷雾已听见。

三

这就是它，我的鸽子，
栖落风之掌奋飞不息。
我流经草地的约旦河，
又在霞光中缭绕着雾气。

赞美你，浅蓝色的高空，
上面缀满了繁星颗颗，
我把双手高高举起，
重又伸向圣父的天国。

我看见你们，肥沃的田畴，
上面牧放着黄色的马群，
圣徒安德烈[①]手持牧笛，
一路踯躅在垂柳丛中。

那里，在村子外边，
只见那圣母玛丽亚，
满怀痛苦和愤怒，
用树枝把毛驴鞭打。

四

人们啊人们，我的兄弟！
我们大家都会在将来，
定居在幸福的村庄里，
在那里踩出一条银河来。

逝去的和正在消逝的，
切莫舍不得把它丢弃，
在那盛开铃兰的地方，

① 是耶稣最亲近的弟子之一，是圣徒彼得的兄弟。

定比我们的田野美丽。

爱的捍卫者——贪赃的命运神，
赐幸福不会地久天长。
今天还是他掌上明珠。
明朝就落个行乞街巷。

五

啊，冲破云雾而来的
崭新、崭新、崭新的一天！
像一个头似太阳的少年，
你快坐到篱旁我身边。

让我用这把月亮梳子，
把你的头发好好梳理，
我们学会按这种风习，
把客人迎来我们这里。

古老的毛里求斯橡树[1]，

① 据《圣经》，在这棵树下，迁居乐土的亚伯拉罕常常欢度圣灵降临节。

和我们岗峦血缘相近，
亚伯拉罕冒着毛毛雨，
到金色田野访问我们。

你快坐到我身旁台阶上，
轻轻地偎依我的肩膀。
在你面前，像点支蜡烛，
我要点燃蓝色的星光。

我要为你祈祷不息，
赞美你那约旦河的奇迹……
这是它，我的鸽子，
栖落风之掌奋飞不息。

（1918年）

乐　　土[1]

——献给先知耶利米

一

我绝不畏惧丧生，
不怕矛和箭的雨点，——
先知我谢尔盖·叶赛宁
照圣经这般声言。

已经临到我的死期。
我不怕皮鞭啪啪响，
我要把耶稣的躯体，
一口啐出我的口腔。

[1] 《乐土》是叶赛宁于十月革命后不久所写亵渎神灵的不少宇宙诗中引起反响最强烈的一首。论者众说纷纭，有的斥之为诗人的“无赖行径”，有的视为“渎神行为”，有的则认为它“洋溢着信仰的气息”，并称叶赛宁为“反基督的预言家”。实际上，叶赛宁把意象创造看得远高于意识形态，他不过是在融宗教象征于新颖的意象建构而已。

我不想通过他所受的
苦难和十字架接受拯救：
我领悟了另一种学说，
它涉及的是星星的不朽。

我见到另一次基督降世——
死神不在真理上舞蹈[1]。
犹如修剪绵羊的脏毛，
我要把苍天的堡垒剪掉。

我要举手伸向月轮，
咬核桃般把它咬碎。
我不要无梯的天庭，
我不要雪花的飘飞。

我不愿目睹如此景色：
霞光在湖面皱起眉眼。
我今天像只母鸡似的，
生下一个金色的词蛋。

① 喻指真理并未使基督蒙难。

我今天用矫健的臂膀，
准备扭转这整个乾坤……
我肩头生出八只翅膀，
拍溅雷电的风雪前进。

二

罗斯上空钟的吠声凄厉——
这是克里姆林宫墙在哭泣，
大地啊，如今我要把你
在繁星的底座上面竖起！

我要伸手够无形的城市，
要咬开宇宙的银河外壳，
我要用我这龇着的利齿，
甚至把上帝的胡子揪掉。

我要抓起那白色的鬃毛，
还要用暴风雪的声音讲：
上帝，我要你改变模样，
叫你看见我词语的牧场！

我诅咒基捷日[①]的气息，
诅咒它路间谷地凹陷。
我愿在无底的空间里，
能够建造起一座宫殿。

我要在圣像上用舌头舔去
殉教者和圣徒们的面形，
我答应给你们一个乐土城，
里面住着活人们的神灵。

莫斯科维亚[②]，你号哭吧！
新的印吉科波洛夫[③]来了。
我要用我的词语的鸟嘴，
把你日经课中的祷词啄掉。

我要让人民从苦望中超脱，
我要给人民信仰和力量，
让他们和太阳同耕黑夜，

① 据神话称是拔都入侵罗斯期间隐没在水底的城市。

② 16至17世纪外国文献中对俄国的称谓。

③ 指科齐马·印吉科波洛夫，公元4世纪游历印度的拜占庭商人和旅行家，著有《基督教测绘学》一书，书中根据《圣经》阐述了宇宙结构论。

手执犁耙趁拂晓的时光。

好让它的词语的田野上，
能育出禾谷稠密似蜂房，
让它的谷粒能像蜜蜂，
在天穹下变黑暗成金黄。

拉多涅日[1]啊，我诅咒你，
我诅咒你的一切行踪！
你不断抡起水的丁字镐，
把金色火焰的矿藏掘松。

你那狼嚎般的一团团乌云，
仿佛一群群恶狠狠的饿狼，
舞起它们獠牙的长矛，
把敢作敢为的召唤者触撞。

你的太阳用尖利的爪子，
像把刀子直捅入心灵。
我们在巴比伦河两岸哭泣，

① 莫斯科附近的一个小城，俄国教堂著名活动家圣者谢尔盖·拉多涅日斯基因此取名。他是谢尔吉圣三一大修道院的创始人。

腥风血雨淋湿了我们。

如今我要暴风似的牛吼，
把耶稣身上的裤子扒下：
快用第二个月亮木盆，
洗涤你的双手和头发。

我说你们都将要完蛋，
信仰的青苔叫你们难受，
上帝在我们上方另有身孕，
活像一条隐了身的母牛。

讨厌阵痛的吼叫的人们
徒劳无益地搬进了山洞，
吼声却像一轮新的太阳，
下牛犊般进入俄罗斯家门。

它还要以产牛犊的法宝，
把禁锢河岸的一切烧毁，
牛犊头上的金色犄角
定将拔掉世界上的怨沸。

即将降临新的奥林皮[1]
着手描绘他新的容颜，
我说我将要尽情呼吸，
冲出舌头如彗星一般。

我将撇开腿伸到埃及，
卸下你们痛苦的铁镣……
我的双手像把老虎钳，
要把雪白的两极紧咬。

我要用膝盖顶住赤道，
听着风暴和旋风的哭泣，
犹如切开金色的面包，
要把大地母亲拦腰一劈。

仿佛投一道太阳的光辉，
我朝被深渊包围的陷坑，
探过去披发如星的脑袋，
好让全世界都听见折裂声。

① 11世纪末12世纪初俄国第一个著名的圣像画家。

于是四个太阳从云端，
好似四只水桶从山巅，
倾泻得顿时地覆天翻，
向四周迸射金色光环。

三

我对你说，亚美利加洲，
大地被劈下的一半地方，——
你可当心别允许铁舰，
开遍那没有信仰的海洋！

莫用铁的虹使田畴受累，
也别用花岗石挤压江河，
只有用自由拉多加[①]的水，
人们才能够把生活钻透！

莫要用你那蓝色的双手，
将钉子钉入荒凉的天顶，
凭借这一顶顶铁钉小帽，

① 为诺夫戈罗德疆域内一个古俄罗斯城市，1703年迁至沃尔霍夫河河口。

筑不起辽远的星星光晕。

就用铁矿石熔成的岩浆，
也浇不灭火焰般的骚动，
我定要在人世间留下
新的耶稣升天节的迹痕。

我要用脚跟从云端倒挂着，
像只驼鹿，蹄踩着云层；
我要把太阳和月亮的轮子，
一齐挂上地球的轴承。

我告诉你，莫要为那
电线里的光进行祈祷，
它们不会照亮耶稣降临，
当他像山羊在山上奔跑。

你还将成为一名射手，
把利箭射向他的胸脯。
犹如火焰，滚热的鲜血
从白羊毛溅洒进暗处。

宛似繁星纷纷滑落，
金色的蹄把黑夜耕耘，
在夜的黑色长统袜上空，
雨点如针织般时现时隐。

于是我将发出太阳和月亮
如雷鸣般的辚辚车轮声，
像场大火，我蓬头散发，
用翅膀遮掩自己的面孔。

我要掸一掸山峦的耳朵，
要用长矛挑一挑针茅草，
要把你的板墙和篱栅，
统统当尘土用掌窝扫掉。

我要用一把新的木犁
翻耕你田畴的黑色面庞，
丰收像一只金色的喜鹊，
将在你的国土上空飞翔。

它将向居民们抛扔下
巨大翅膀的新的哨音。

太阳将把光拽到山谷，
仿佛把金色细杆拉抻。

在你的田野的手掌上，
将会生长出新的松树。
在岁月的枝头将会跳起
黄灿灿的春天，犹如松鼠。

蓝色的江河将发出微光，
钻透一切挡道的庞然大物。
晚霞刚刚垂下了眼皮，
在河里把星星的鱼儿捕捉。

我告诉你，总有一天，
雷电的嘴巴将会吼停；
你那五谷的串串谷穗，
将会触撞蓝色的天顶。

在架着隐身梯的世界上空，
公鸡从月亮的心脏啄食后，
啼叫一声将振翅飞起，
通报着下界的草地和田畴。

四

我低垂着头在云中走过，
仿佛漫步穿过田间小道，
我听见蔚蓝色阵雨的拍溅，
和那些尖喙天体的呼啸。

我的身影在遥远湖泊的
蓝色河湾的水中映照，
乐土啊，我看见了你，
你头戴一顶顶山峦便帽。

我看见你的田野和农舍，
和台阶上上岁数的妈妈；
她用自己的几个手指，
竭力想捕捉落日的光华。

她在窗前马上要挟住它，
弓着背眼看要捉住霞光，
但太阳，宛如一只家猫，
把线球拽到自己身旁。

在溪水淙淙的伴奏下，
歌声从山上往山下飘荡，
犹如隐了身的滴滴烛泪，
迎来低地河岸的回响：

“在九天里多多谢上帝，
在大地上但愿有和平！
月亮用它蓝色的犄角，
触撞着那密密的云层。

“有个人从一个星蛋里
孵化出了一只鹅来——
为了啄去一切痕迹，
抹掉圣灵耶稣的存在。

“有个人怀着新的信仰，
没带十字架，未尝苦痛，
像拉起一张弓那样，
在天上挂起了彩虹。

"锡安[1]，你兴高采烈吧，
快洒出你自己的光，
在天边一座新的
拿撒勒[2]城已成长。

"一位新降世的救世主，
正骑着牝马走向凡尘。
我们的信仰，在于力量，
我们的真理，就在自身！"

（1918年）

① 古犹太人的政治宗教中心（兴建起耶路撒冷的一个山丘）。
② 据《圣经》载，天使加伯利在此地向马利亚预言她将生下耶稣。

天上的鼓手[1]

——献给Л.Н.斯大尔克

一

喂，你们，奴隶们，奴隶们！
你们的肚子还贴在地上。
如今马儿们都不像你们，
一饮而尽水中的月亮。

满天繁星如纷纷落叶，
汇入我们原野的河流。
我们欢呼万岁啊万岁，
人间和天上革命的洪流。

我们要扔出心灵的炸弹，

① 这是和《约旦河的鸽子》等诗同样充满时代气息的诗篇，而且比《乐土》的视角更加贴近现实，把纵横驰骋的浪漫主义想象和对高尔察克等的透视结合起来，反映了他自己所说的当时“和十月革命是完全站在一起”的立场。

我们要撒播风暴的呼啸。
仰朝大门的圣像上的唾沫[1]
只能赢得我们的一笑！

我们岂会惧怕这一群
活像白色猩猩的将领？
世界向新的彼岸冲去，
犹如一队飞旋的骑兵。

二

如果太阳和白猩猩将领
狼狈为奸来对付我们，——
我们便要全军出动，
把太阳挑上刺刀尖顶。

如果这月亮变成他们
黑暗势力的狐朋狗友，——
我们便要从碧蓝的天庭，
朝它后脑勺乱扔石头。

---

① 指信徒祷告时吻圣像的行为。

我们要横扫一切乌云，
脚踩条条泥泞的道路，
还要把大地当作铃铛，
挂上彩虹去一饱眼福。

你呀，潮湿的母亲大地，
给我们奏出丁零的声音，
来歌唱我们蓝色国土上
这块块田野和片片丛林。

三

士兵们，士兵们，士兵们！你们
是驾驭风暴的闪光的鞭子，
谁渴望自由，渴望团结，
谁就不把死当一回事。

你们连成铜墙铁壁吧。
谁若对迷雾恨之入骨，
谁就会举起粗壮的手，
摘下太阳当金色大鼓。

摘下它走向四面八方，
把召唤倾注在暴力的湖上——
向教堂和监狱的阴影进攻，
向这群白色猩猩开枪。

加尔梅克人和鞑靼人在这召唤中
预感到梦寐以求的城廓，
他们用牛尾巴点起火把，
让黑暗的天空火光闪烁。

四

相信吧，胜利属于我们！
崭新的彼岸已经不远。
波浪用它那雪白的爪子，
不停地挠抓金色的沙岸。

不久，最后一个巨浪
将泼溅成百万个月亮，
心灵就是大众和村社
做复活节弥撒时的烛光。

排成这黝黑的亲密队伍，
我们在前进，团结全世界，
我们在前进，迷漫的雪尘
正在把猩猩的云层溶解。

我们在前进，在丛林后面，
透过一片茫茫的白雾，
我们这位天上的鼓手，
正擂着这面太阳大鼓。

（1918—1919年）

心灵将天庭苦苦思念

心灵将天庭苦苦思念，
它曾久居世外天地中。
我喜看那树木的上面
绿色火焰的微微颤动。

那是金黄色树干的枝杈，
烛火般对奥秘闪着幽光，
枝上的新叶仿佛在说话，
话语的繁星正竞相绽放。

我能把大地的语言领悟，
却无法抖落大地的痛苦，
恰似一个凭积水映照出
从天掠过的彗星的峡谷。

犹如骏马无法用尾鬃

把饮水的月亮抖上脊背……
啊，假如眼睛也似新叶，
能朝着深奥处长出一窥！

（1919年）

无　赖　汉[①]

细雨像一把把沾湿的笤帚，
在草地遍扫了柳丛的粪便，
风啊，快把残叶成堆倾吐——
我是个和你一样的无赖汉。

我喜看密密的蓝色丛林，
像拖着沉重步履的犍牛，
用发出簌簌叶声的肚子，
弄脏了棵棵树干的膝头。

这就是它，我棕黄的牛群！
谁还能比我更好把它歌颂？
我看见，看见晦暝的暮色

① 这首诗以叶赛宁独特的艺术感染力，宣泄了一个在农村中长大的诗人在新旧交替的时代所经历的内心痛苦，折射了他与命运抗争的反常心态。其实，诗文不过是用扭曲了的心灵表现诗人与城市势不两立的敌对情绪，并非如某些论者所认为的那样美化了无赖汉的精神境界。“无赖汉”并非为非作歹的形象，而是因失去心爱的乡村罗斯而变得无奈、无望而无情的人的心理写照。

舔食着人踩的一个个脚印。

我的罗斯，木头的罗斯[①]啊！
我是你唯一的代言人和歌手。
我用木樨草和薄荷喂养过
我那兽性的诗篇[②]中的烦忧。

黑色的惊恐踯躅在山冈之上，
把恶人的凶狠注进我们花园，
不过我自己就是强盗和下流坯，
而且论血缘还是草原偷马汉。

谁又看见过在茫茫的黑夜
大片怒放的稠李花如鼎沸？
我真想夜间在浅蓝的草原
找个地方抢劫过往的客旅。

啊，我头部的灌木丛枯萎了，
诗歌俘获我，使我变得憔悴，

① 金色圆木屋是罗斯的重要特征之一，所以称罗斯为“木头的罗斯”。
② 叶赛宁在精神危机时期不能自控，用诗宣泄烦忧，他称这类诗为“兽性的诗篇”。

我终被判处在感情的苦役中
去把叙事诗的磨盘苦苦地推。

你可别害怕，疯狂的风啊，
安详地在草地上把败叶吐遍！
“诗人”的雅号不能使我温暖，
我在诗中也像你是无赖汉。

（1919年）

猫头鹰叫出凄切的秋声

猫头鹰叫出凄切的秋声，
在途中清晨的原野飘荡。
金色的发丛已在飘零，
我的头颅将到处飞翔。

田野和草原的“咕咕”啼叫，
你好，浅蓝色的白杨母亲！
月亮很快要用雪擦澡了，
在枝杈儿子的疏发上栖身。

落了叶我很快会觉得冰凉，
耳朵将灌满繁星的响声[1]。
没有我，年轻人仍将歌唱，
老年人不再听我的歌声。

---

① 大自然因落叶而变得沉寂，此时观星，繁星相挤，仿佛能让诗人听得出声来。

从田野会走来新的诗人，
新的啸声将响彻树林，
风儿飘洒着一片片秋叶，
叶子耳语着一个个秋声。

（1920年）

我是最后一个乡村诗人

——献给马里延果夫[1]

我是最后一个乡村诗人，
在诗中歌唱简陋的木桥，
站在落叶缤纷的白桦间，
参加它们诀别前的祈祷。

用身体的蜡点燃的烛光，
将烧尽它那金色的火苗，
月亮这木制的时钟就要
把我的十二点闷声鸣报。

不久将走出个铁的客人，
踏上这蓝色田野的小道。
这片注满霞光的燕麦，
将被黑色的掌窝收掉。

---

① 马里延果夫·安纳托利·鲍利索维奇（1897—1962年），系俄国意象派团体的创始人和理论家之一。

这就是无生命异类的手掌，
有你们我的诗就难生存！
只有这一匹匹谷穗骏马，
还将为旧日的主人伤心。

当风儿跳起追荐的舞蹈，
它就要吞没它们的嘶叫，
快了，快了，这架木钟
把我的十二点闷声鸣报！

（1920年）

（以上顾蕴璞译）

噢，天哪，上帝，这个深渊……

噢，天哪，上帝，这个深渊
就是你蓝幽幽的肚皮。
金色的太阳宛如肚脐，
它把目光投向里海嘴里。

你用钩子把星星的光辉编成线，
你在我们后面跟踪，
你把白昼当成捕鱼笼
抛进湖泊眼睛的瞳孔。

但是鲶鱼不会游进
渔夫那小小的鱼笼，
霞光无法用拖网
把我拖进你那寂静的家中。

你到大地上来吧，不用穿衬裤，

你尽可激溅浪花，在纵深里嬉戏，
你把东方当作滚开的墨汁
浇向我们的肉体。

火焰的嘴巴
把人的热情和羞耻吹得沸腾。
带我走吧，像带鸽子那样，
到你那蓝色丛林的隐遁所中。

（1919年）

牝 马 船[1]

一

如果狼对着星空哀号，
那就意味着天空已被乌云饱餐。
尽是被撕破的母马肚皮，
尽是乌鸦扬起的黑色风帆。

碧空不愿从那暴风雪过后
透过咳出的污物把利爪伸展；
不愿在风暴的呼啸声中
去笼罩金针叶似的骷髅园。

听见了吗？听见那铮铮有声的敲击吗？
这是霞光耙子正在给密林耙梳。

① 这是一首采用意象派手法、曾被视为“反苏维埃”的诗作。

您把被砍下的臂膀当作双桨，
便可划进那未来的国度。

快划，往上划！
从彩虹那里飘来乌鸦的聒噪！
那白皙躯干的大树，必会
把我脑袋上的金发枯叶抖掉。

二

田野，田野啊，你在呼唤谁？
莫非是我在做快活的梦——
黑麦有如一队蓝箭骑兵，
飞速超越森林和村镇。

不，不是黑麦！是严寒在横扫原野，
门户敞开，窗子全破碎，
就连太阳也快冻僵了，
像骟马踩出来的一汪水。

这是谁啊！我的罗斯，你是谁啊？谁？
是谁用长柄勺把脏水泼向你的雪地？

在条条大路上，霞光如狗，
用饥饿的嘴吮吸着祖居故里。

他们不需要逃往“那边”
在这儿，和人们挤在一起暖和岂不更好！
上帝让母狼有了狼崽，
人则把母狼的崽子吃掉。

三

哦，在这尸横遍野血光映照之下，
该去歌唱谁呢，该去歌颂谁呢？
瞧瞧吧：女人的肚脐那里，
第三只眼睛正在瞠目哩。

正是它！爬出来了，看上去像月亮，
它未必看得见这血肉模糊的尸骨，
显然，是我在嘲弄自己，
是我在歌唱那绝妙的陌生女郎。

其他的又在哪里？还有十一个
乳房般点燃的灯盏又在哪里？

假如你，诗人，想要结婚，
那就娶羊圈里的绵羊为妻。

你就用麦秸和毛皮进圣餐吧，
就让小曲儿把歌词的蜡烛燃起。
从白桦那棕色的手臂上，
凶狠的十月把宝石戒指抛洒满地。

四

野兽，野兽们，你们来我这里，
往我手中的酒杯里发泄怨恨！
岂不到了这种时辰——月亮
不再舔食天空的白云？

母狗姐妹，公狗兄弟，
我跟你们一样，受到排挤。
我不需要母马轮船，
也不需要乌鸦风帆。

假如饿鬼从断垣残壁上，
跳下来揪住我的头发，——

那我自己先吃掉我的半条腿，
剩下的半条交给你们去咂巴。

我不会随波逐流，哪儿也不去，
宁肯跟你们在一起断气，
也不会从故乡土地上捡起石头
朝那发了疯的亲人扔去。

五

我会歌唱的，我还会歌唱！
我既不欺负野兔，也不欺负山羊。
既然能为什么事儿伤心不已，
为其微微一笑似也无妨。

我们大家都随身带有开心的苹果，
而抢劫的哨音却逼近了我们。
秋天这位聪明的园丁，
将把我头上的金发枯叶打扫干净。

只有一条路通往霞光满园，
十月的风将把丛林吞食殆尽。

诗人来到这个世界，
只为认识一切，不带任何私心。

他来了，吻吻母牛，
悉心谛听燕麦的瑟瑟声。
诗的镰刀啊，更深一层挥割吧！
太阳的光束啊，撒下稠李花吧！

（1919年）

四 旬 祭

——献给A·马里延果夫

一

响起来了，死亡的号角已经吹响！
怎么办呢，现在我们该怎么办，
在路途这污秽不堪的大腿上？

你们这些对诗歌吹毛求疵的人，
是否又想要……

那阿谀奉承的嘴脸，你只好忍耐，
无论喜欢不喜欢，都得领受。
好在黄昏的暮色前来调皮捣蛋，
不停地抽打我们肥硕的屁股，
用晚霞那把染满鲜血的扫帚。

霜冻很快就会传达寒冷的信息，
染白那边的村镇和这里的草地。
你们哪里也躲避不了毁灭，
你们哪里也逃离不了入侵之敌。
瞧它，此刻挺着铁的肚皮，
将铁掌向平原的喉咙伸去。

年久的风磨竖起了耳朵，
早已捕捉到磨面的嗅觉，
院子里一向沉默不语的公牛
脑子里所想的都在母牛身上，
它在拴牛桩上摩擦舌头，
预感到不幸笼罩在这个地方。

二

啊，村外莫非就因为如此，
手风琴才这般哭诉衷肠：
一串串悲哀凄切的乐音
缭绕在白色的窗台之上。
枯黄的秋风莫非就因为如此
才让蓝天泛起涟漪，

把败叶从枫树上扫落下来，
仿佛是在用刷子将马身梳理。
这可怕的使者在行进，行进，
无情践踏，用丛林笨重的脚掌，
伴着麦秸丛中青蛙的鼓噪
歌声更令人情绪低落，无限惆怅。
啊，朝阳时代的电力，
默然连接一起的皮带和铁管，
宛如钢铁寒热病袭来，
害得农舍的木肚皮不停地震颤！

三

你们可曾见过，
匍匐在铁爪上的火车，
被湖沼的雾气笼罩，
怎样呼哧着铁鼻孔
在草原上迅跑？

而在火车后边，
就像节日赛马决赛的场面：
一匹红鬃马驹，

沿着一望无际的草原，
伸着细腿飞奔，猛扑向前？

唉，这可爱的，可爱又可笑的小傻瓜，
它哪能，哪能赶得上啊？！
莫非它不知道：钢身的铁马
已经战胜了活马？
莫非它不知道，在前景渺茫的草原上，
它的奔跑挽回不了往昔的时光？

想当年佩切涅格人[1]为换一匹骏马，
宁愿让出草原上两个俄罗斯女郎？
如今是另一种命运主宰着我们的湖区——
被铁的摩擦声唤醒，在市场上进行交易：
人们买一辆蒸汽机车，
竟付出千百普特马肉和马皮。

四

见鬼去吧，你这可恶的不速之客！

---

① 东南欧突厥系的古民族。

我们的歌永远不会跟你合调。
只可惜童年时代没能把你淹死，
如同把水桶沉到井底。
而今这些水桶堂而皇之地站着，望着，
在铁皮般亲吻中染红嘴巴，——
不过我，像诵经士那样，
依然会为祖国歌唱，唱那哈利路亚[①]。

怪不得在九月阴雨连绵的季节，
花楸果要将自己的脑袋
往篱笆上撞，直到滴血，
乃至落进干而冰冷的泥土胸怀。
怪不得莫名的惆怅会油然而生，
钻进嘹亮手风琴有节奏的滑音。
浑身散发着麦秸味的那个农民，
把杯中的烈酒一饮而尽。

（1920年）

① 宗教里赞美上帝之颂歌。

我不叹惋，不呼唤，不哭泣

我不叹惋，不呼唤，不哭泣，
如同苹果树花开花落，一切都会消逝，
我不会再有青春年华，
整个身心都充满金色的倦意。

心已被侵袭，经受过寒冷，
此时你已不再那么激越怦然，
印有白桦图案似的国家，
也不再吸引我赤脚游手好闲。

流浪汉神气！你越来越少地
煽动我倾吐炽烈激情，
啊，我那失却的青春朝气，
愤慨的眼神，情感潮涌！

就欲望来说，如今我很少希冀什么，

生活啊，莫非你真是我梦中的情景?
仿佛在那欣欣向荣的初春
我骑在红鬃烈马的背上驰骋。

在这个世界上我们大家都会消失，
如枫树上悄然飘落叶片铜币……
但愿你永远幸福如意，
即使是风华正茂，抑或面临死期。

（1921年）

我不打算欺骗自己

我不打算欺骗自己，
迷惘的心充满的是忧虑。
为什么我背上谎话连篇的丑闻？
为什么盛传我是惹是生非的人？

我不是恶人，没打劫于绿林，
没去枪杀狱中不幸的人们。
充其量我是个街头浪子而已，
对碰见的人总是笑脸相迎。

我成为莫斯科小有恶名的浪荡子，
特维尔街区可说我十分熟悉，
街头巷尾的每一条狗，
都能辨别出我来去的步履。

每一匹疲惫不堪的老马，

遇到我都会点头示意，
对动物来说，我是好朋友，
每一诗句都能去除它们心灵的痼疾。

并非为取悦女人我才戴高筒礼帽，
我心不能在愚蠢的激情里沉湎，
戴着它是为减少自己的忧伤，
用燕麦这黄金喂马也更方便。

在人们中间我已找不到友情，
我只好归顺于另一个王国，
我准备把自己最好的领带，
挂上这儿每一条公狗的脖颈。

如今我已不再忧心忡忡，
迷惘的心境也豁然开朗，
因此我才背上谎话连篇的丑闻，
因此我才有这惹是生非的名声。

（1922年）

（以上王守仁译）

庄稼之歌

这就是它，严酷的残忍，
它揭示了人们为什么受苦！
镰刀把沉甸甸的麦穗割下，
像从喉管割断天鹅的头部。

我们的田野素来就熟悉
八月的早晨经受的战栗。
麦稻被打成一捆又一捆，
捆捆都躺着，如黄色尸体。

它们被装上灵车般的大车，
载往自己的墓穴——烘房去。
赶车的，活像教堂的助祭，
向母马吆喝一声就开始葬仪。

它们又被小心、和善地

铺在地上，脑袋挨脑袋，
一根根细骨头被连枷
从瘦削的身上剔落下来。

任谁连想都不会想到
麦秆也是一具肉体！……
骨头却被送进吃人的
碾机的嘴用牙磨细。

人们用磨碎的谷粒发了面，
烘烤出一堆堆可口的美食……
于是有一颗淡白色的毒丸
走进胃罐把仇恨的卵放置。

把黑麦的挨打染成烘烤用黏物，
把割麦人的粗暴榨成芳汁，
毒丸让品尝麦秆肉者也尝尝
肠子的磨盘遭毒化的苦汁。

一伙骗子手、杀人犯和恶棍，
像衰秋那样在全国呼啸不休……

因为镰刀割下了一个个麦穗，
像人们从喉管割断天鹅的头。

（1921年）

请不要谩骂。有什么奇怪!

请不要谩骂。有什么奇怪!
我不是贩卖辞藻的商人。
我这颗披满金发的脑袋
已经后仰了，已经发沉。

不爱农村，也不爱城市，
我怎能把这爱怀到尽头?
我要抛弃一切，蓄着须
做个流浪汉，把罗斯漫游。

我要忘却我的诗和书，
把挎包搭在我的肩上，
因为田野上对放荡的人
风儿唱得比对谁都大方。

我满身是萝卜和大葱味，

惊扰着黄昏暮色的涟漪，
我将用手捂着大声擤鼻涕，
并在各方面都干点儿蠢事。

我不需要什么好运，
但求忘情，把风暴谛听，
因为缺了这些恶作剧，
我在人世难以度生。

（1922年）

这里又酗酒、殴打和哭泣

这里又酗酒、殴打和哭泣，
伴着手风琴泪诉愁肠，
诅咒自己的万种失意，
把莫斯科罗斯来怀想。

我自己也是耷拉着脑袋，
用酒灌得两眼迷茫，
好不去看见不幸的脸儿，
好暂不把别的事儿思量。

大家永远会丢失些什么。
我蓝色的五月！浅蓝的[①]六月！
在这醉生梦死的酒宴上，
无怪乎有死肉把人熏着。

① 蓝色和浅蓝色都是叶赛宁惯用的色彩象征，这里表示安谧、温馨的意思，蓝色的五月，指少年时代，浅蓝色的六月，指青年时代。

啊，今朝俄国人真欢畅，
家酿酒像河水般流淌，
那个塌鼻子的手风琴手，
为他们把伏尔加和契卡[1]歌唱。

醉鬼们眼里露出凶相，
高声的话语含着不驯，
他们可怜年轻的傻瓜们
一时冲动葬送了前程。

走上歧路的人们，你们在哪里？
我们的光芒照得亮你们的路？
手风琴手在用酒精医治着
从吉尔吉斯草原得的梅毒。

不！这些人压不住，驱不散。
糜烂给了他们顽世不恭。
你，我的俄罗斯……俄罗斯……
这个亚细亚的国家[2]！

（1922年）

① 苏联1918至1922年肃反委员会简称的音译。
② 俄罗斯虽然地处欧亚两大洲，但从它的落后这个特点看，它更像亚洲国家。

唱吧，唱吧。伴着该死的吉他

唱吧，唱吧。伴着该死的吉他，
你手指跳成半圆形舞姿。
我的最后的唯一的朋友啊，
我真想在痛饮烂醉中呛死。

你可别朝着她的手腕
和她肩头滑落的丝巾张望。
这女人身上我找过幸福，
料不到落个倒霉的下场。

我怎知情欲原是传染病，
我怎知情欲是一场鼠疫。
她走近我挤眉弄眼，
挑逗得无赖汉魂不附体。

唱吧，唱吧，为我抚平

我们往昔放荡的伤痕。
随她去吻另一个人吧，
这个年轻美貌的贱人。

啊，等一等。我不骂她。
啊，等一等。我不诅咒。
让我在这根低音弦伴和下，
把我的情怀对你奏一奏。

我粉色圆顶似的年华流逝着，
心中有一串金黄色的美梦。
我曾抚摩过许多个姑娘，
在角落搂抱过不少女人。

唉，有一句刺耳的真话，
我曾用童稚的眼偷看过
一群公狗正在轮番地
舔吻春情勃发的母狗。

我对它有什么可嫉妒的。
这事没什么值得我难过。
人生是床单一条、床一张。

人生是接吻并跳入旋涡。

唱吧，唱吧！这两条胳膊
不祥的挥动包藏着不幸。
我可告诉你，去他们的吧……
朋友，我决不会因此丧命。

（1922年）

（以上顾蕴璞译）

无赖汉之恋

淡蓝的火焰越来越旺，
遥远的家乡已被遗忘。
我第一次歌唱爱情，
第一次远离打架斗殴的地方。

过去的我，全然如一座荒芜的花园，
痴迷女人，恋色而又贪杯，
如今我不喜欢暴饮和街舞，
不愿把自己的生命一味地浪费。

我只希望能凝视着你，
看见你眼睛里金棕色的深潭。
哪怕你不喜欢我的过去，
也别为此而去亲近别人。

款款的脚步，苗条的身躯，

但愿你能以执着的心了解，
一个无赖汉多么温顺，
一个无赖汉多么会爱。

我宁愿把小酒馆置诸脑后，
不再写什么诗篇也罢，
只要能触及你的手臂，
还有你那金秋色的头发。

我愿永远跟随着你，
去异国地域，去远离的故乡……
我第一次歌唱爱情，
第一次远离打架斗殴的地方。

（1923年）

我满怀忧伤地凝视着你

我满怀忧伤地凝视着你，
多么痛苦，多么惋惜！
须知，只有那铜色的柳枝
跟你我同留在九月里。

别人的嘴唇带走了你的温暖，
带走了你躯体的战栗。
变得麻木的心灵
仿佛淋浇着绵绵细雨。

唉，说什么呢！我不觉得可怕，
另一种喜悦展现在我的面前。
须知，别的什么都没剩下，
周围尽是潮湿和黄色的腐烂。

要知道，就连自己我也没珍惜过，

一心为平静生活，为微笑生活，
走过的路是那么少，
犯过的错误却如此之多。

可笑的生活，无谓的纷争，
曾经有过，日后还会发生。
这花园有如墓地坟场，
瘦骨嶙峋的白桦立在这里。

我们也会这样凋谢，
像花园里的过客，喧闹一阵……
既然冬天里没有花朵，
那就不必为它们伤心。

（1923年）

黄昏紧皱起黑色的眉毛

黄昏紧皱起黑色的眉毛。
院外停留着某些主人的马匹。
莫非是昨天我在酒中饮尽了青春？
莫非是昨天我才不再爱你？

三驾马车来得太迟，马儿莫打响鼻！
我们的生命没留痕迹地飞逝而去。
也许，医院里的病床
会让我从此得到永久安息。

也许，明天疾病就能根治，
我走出医院，完全是另一种模样。
如同健康人那样生活，
听听雨声以及稠李的歌唱。

我会忘掉种种黑暗势力，

他们曾摧残过我，欲置死地，
可爱的身影！可亲的面孔！
只有你一人不会被我忘记。

即使我爱上了另一位姑娘，
亲爱的，我也会对她讲起你，
我会告诉那未来的恋人，
我曾经把你唤作亲爱的。

我会讲述我们有过的过去，
生活流逝却没有成为陈迹……
可是你，我勇敢的带头人啊，
最终竟把我置于何种境地？

（1923年）

你跟大家一样，也是个普通女人

你跟大家一样，也是个普通女人，
如同千千万万俄罗斯妇女。
你见过喷薄升腾的黎明，
你知道蓝色秋天的凉意。

我的心如此可笑地痴迷，
头脑里尽是愚蠢的胡思乱想，
梁赞各地小教堂里挂着的
正是你那圣像般严肃面容的画像。

过去，我曾唾弃过这些圣像，
崇尚粗野和浪子的叫嚷，
而今，最温柔的轻歌曼语，
猛然涌出于我的心房。

躯体需要的东西太多了，

我不想飞向那深邃的苍穹。
有如八月里的凉风拂面，
你的名字何以如此动听？

我不是乞丐，不可怜也不幼稚，
激辩中我能听出话里的含义；
从小我心里就明明白白，
草原上的公马对母马的情谊。

正因为如此，为了他，为了你，
也为这个女人，我未能自我保护。
诗人那疯狂似的内心所埋下的，
恰恰是没有欢乐的幸福。

我像枯萎的叶片凄然凋零，
仿佛针对那些斜视的眼睛……
你跟大家一样，也是个普通女人，
如同千千万万俄罗斯妇女。

（1923年）

尽管你已被别人吸干

尽管你已被别人吸干，
可是毕竟给我留下，留下了
你发间透明的烟雾，
你眼睛里深秋式的疲劳。

哦，如秋季之年龄！对于我，
比起青春和夏季，这更贵重，
你变得更加令人喜欢，
在诗人想象丰富的幻想之中。

我的心从来不说谎言，
所以我才会大言不惭，
敢理直气壮地宣称，
我正在摆脱耍混，洗心革面。

是时候了，该与惹是生非诀别了，

别提那胆大包天和桀骜不驯，
内心已充满新的血液，
令我清醒，令我振奋。

九月用泛红的柳枝，
频频敲打我的小窗，
让我准备好迎接它
前来做简单的造访。

如今我跟许多人都握手言和，
不损失什么，也不勉强，
我觉得俄罗斯完全变了，
墓地和木屋也变了模样。

我环顾四周，透彻地看到
那里，这里，不管是哪里，
唯有你，既是妹妹又是朋友，
能够成为诗人的伴侣。

最好是我只对你一个人唱，
唱那永远也唱不完的歌，

只唱旅途那黄昏暮色，

还有我怎样从无赖行为中摆脱。

（1923年）

亲爱的，让我们坐在一起

亲爱的，让我们坐在一起，
相互凝视对方的眼睛。
我渴望在温柔的目光下
谛听那暴风雪似的激情涌动。

这是秋天的黄金果实，
这有点泛白的头发一缕，
对一个没有安宁的浪子来说，
简直就等于把生命拯救。

我早就离开了自己的故乡，
那里青翠苍绿，草原茂盛。
可在城市这苦涩的荣誉里，
却想虚度这潦倒的人生。

我可真想让心儿默然回忆，

记起那里的花园，那里的夏天，
当年在青蛙鼓噪的音乐声中，
我成长为一个诗人少年。

如今那里还是这样的秋天……
枫树和椴树的枝杈延伸，
像爪子似的伸向窗前，
寻找记忆中的那些故人。

逝者早已不在人世。
月光照射在墓地的十字架上，
这是普通的乡村墓地与坟场，
作为客人，我们也必将前去造访。

我们这些人，饱经沧桑，
也将从浓枝簇叶之下跨越。
所有起伏不平的坎坷道路，
都只为生者倾注喜悦。

亲爱的，让我们坐在一起，
相互凝视对方的眼睛，

我渴望在温柔的目光下，
谛听那暴风雪似的激情涌动。

（1923年）

你别以冷淡把我折磨

你别以冷淡把我折磨，
也别问我多大年龄，
我患有严重的癫痫症，
酷似骷髅，已成为幽灵。

当年，住在城郊的时候，
我曾像孩童般想入非非，
希望将来会富有，会成名，
也给大家留下好的口碑。

是的！我富了，很阔气。
高筒礼帽也有过，得而复失，
如今只剩下一件胸衣，
还有一双时髦的鞋套，一如敝履。

我的名气也不算小，——

从莫斯科直到巴黎聚居的贫民，
我的名字本身就会引起恐惧，
仿佛用粗野的脏话骂人。

而爱情呢，岂不是可笑的事情？
你亲吻，嘴唇却像铁皮一样硬。
我知道，我的感情之果已经熟透，
而你的感情之花未开，无动于衷。

现在就让我痛苦，为时尚早，
不过，如果有了忧伤，也不是坏事！
欣欣向荣的滨藜簌簌作响，
丘冈熠熠闪光，赛过你发辫的金色。

我多想再回到那里去，
倾听欣欣向荣的滨藜声响，
永远沉浸在神秘的向往里，
像少年时代那样充满幻想。

不过，我幻想的是另外的新鲜事儿，
土地和青草自然不懂，

内心无法用语言表达，
谁也叫不出它的名称。

（1923年）

莎甘奈呀我的莎甘奈!

莎甘奈呀我的莎甘奈!
莫非就因为我来自北方,
才想对你讲一讲田野,
讲月光之下燕麦田泛起波浪。
莎甘奈呀我的莎甘奈。

莫非就因为我来自北方,
才觉得那儿的月亮百倍明亮,
无论色拉子有多么美
也比不上梁赞那千里沃野,
莫非就因为我来自北方。

这会儿我想对你讲一讲田野,
我这卷发,是从燕麦那儿弄来,
你愿意的话,尽可缠绕在手指上,
我不会感到一丁点儿疼痛。

那田野，这会儿我想对你讲一讲。

凭我这蓬松的卷发你去想象，
月光之下燕麦田泛起波浪，
开玩笑，亲爱的，一笑了之，
可别勾起我的回忆，
想那月光之下燕麦田里波浪泛起。

莎甘奈呀我的莎甘奈！
北方那儿也有一位姑娘。
可说她跟你一模一样，
也许这时她正在想我……
莎甘奈呀我的莎甘奈。

（1924年）

你曾经说起过萨迪[1]

你曾经说起过萨迪，
要吻只吻胸前，
看在上帝的分上，且慢，
我也能学会这样，总有一天。

“在幼发拉底河彼岸”，你唱，
“玫瑰比绝色美人儿还漂亮。”
如果我是个富翁的话，
一定会谱写一支新曲儿来唱。

那我会把这些玫瑰统统剪掉，
因为只有一点让我堪称欣慰——
世上没有任何东西
会比我心爱的莎甘奈更美。

① 萨迪（1203—1292），中世纪波斯著名诗人。

你别用传统古训来折磨我，
我可不想知道古训说什么，
既然我生来就是诗人，
那就按诗人的方式接吻。

（1924年）

给母亲的信

你好吗，我的老妈妈？
我活得还行，正问候你哪！
就让薄暮时分那奇妙的流光
依然在你的小屋上空徜徉。

有些来信告诉我，说你惴惴不安，
为了我而满怀愁肠，
说你经常在路上走来走去，
总是把那破旧的外套裹在身上。

说你在黄昏时分幽蓝的晦暗里，
常常看到同一种景象——
仿佛在小酒馆里的厮打过程中
有人把芬兰刀捅进我的心脏。

没什么，亲爱的妈妈，放心吧。

这只不过是过度牵挂的幻影。
我还不是那么不可救药的酒鬼，
不见你一面就把命送。

我还像从前那样温柔听话，
唯一的心愿清清楚楚：
尽快摆脱思念的忧伤，
回到我们那又低又矮的小屋。

我会回去的，等春天的时候，
咱们白色花园里青枝摇摆，
只是你别像八年前那样，
一清早就唤我醒来。

别再提起过去的什么愿望，
别再为理想没能实现而痛心，
生活让我过早地体味到
身心疲惫和虚度光阴。

还有，别教我祈祷，没必要！
回到过去是不可能了。
只有你才是我精神支柱和慰藉

只有你才是我难以形容的光亮。

你就忘掉满怀的不安吧，
别再为我而一味地忧愁，
别再身裹那又破又旧的外套
还那么经常沿路来回地走。

（1924年）

故　乡　行

我造访了我出生的地方，
童年时代所度过的
那个小小的村庄。
没有十字架的钟楼
酷似桦木塔顶的哨岗。

那令人难以启齿的贫困生活，
竟然有如此之大的变化。
多少令人意想不到的新奇，
走到哪里我都感到惊讶。

老家的房屋，
已认不出来了；
窗前那棵明显的枫树已不再招手，
妈妈不再坐在门廊那里，
用剩饭米粒去喂小鸡。

她老了，也许是因为上了年纪……
是啊，她真的老了。
环顾四周，说不出的忧伤：
这对于我，是多么陌生的地方！
只有那座泛白的山，跟从前一样，
还有山脚下
那高高的灰色石障。

这里是墓地！
散乱腐朽的十字架，
有如白刃战之后的死者，
僵尸伸展开自己的双臂。
一个拄着拐杖的老人走来，
路径两旁的杂草扬起了浮尘。
“你好，过路的老人家！
请指指看，
塔吉雅娜·叶赛宁娜的家在哪里？”

“塔吉雅娜……哦……
瞧那儿，那座木屋的后边。
而你，是她的什么人呢？
是她家的亲戚吗？

哎哟，莫非是她‘失踪的儿子’？”
“是的，是她儿子。
不过，老人家，请告诉我，
你这是怎么啦？

为什么以如此悲伤的眼神看着我？”
“好啊，我的外孙，
你连外公都认不出来啦！……”
“哎呀，外公，真的是你吗？”
接下来便是说不完的伤心话，
涌出的热泪滴向沾有浮尘的野花。

“你，大概快三十岁了……
而我已经九十……
快进棺材啦。
你早就该回来。”
他说个不停，总是眉头紧蹙。

“对了！……这时代啊！……
你不是共产党员吧？”
“不是！……”
“你的妹妹可都是共青团员。

那叫什么龌龊事啊，简直让人活不下去!
昨天圣像被扔下了神龛，
教堂的十字架也被政委卸下。
如今连祈祷都没有地方，
我只好偷偷地到树林里，
面对那些白杨做做祷告……
也许，还能顶用……

走吧，咱们回家——
什么你都能亲眼见到。”

于是，我们沿着地界走，踩着麦仙翁草。
我向耕地和林木微笑致意，
外公却望着钟楼，满脸忧虑。

“你好啊，妈妈！你好哇！”——
我又让妈妈那头巾挨近眼眶，
凝视这可怜的头巾的一角，
就连母牛也会痛哭一场。
墙上是带列宁画像的挂历。
这儿是妹妹的生活天地，
是妹妹们的，而不是我的，

但不管怎样，见到你，
故乡啊故居，我还是想跪倒在地。

邻居们纷纷走来，
有位妇女还带着孩子……
没有人认出我是谁。
家养的那条狗在大门口吠声不停，
按照拜伦的风度对我表示欢迎。
啊，心爱的家乡！
你跟从前不一样了，
不是从前那个模样，
不消说，我也不是过去的我。
妈妈和外公越是忧伤和绝望，
妹妹们就越合不拢嘴，笑得欢畅。

当然，列宁对于我，并非圣像，
世事我都明了……
我爱我的家庭……
但不知怎的，我还是怀着虔诚的敬意，
落座于那条木质的长凳上。

“喂，妹妹，你来讲一讲！”

于是乎，妹妹打开厚厚的《资本论》，
如同翻开圣经，滔滔不绝地
讲起了马克思，
讲起了恩格斯……
当然，在任何气候下，
我都不曾读过这类书籍。

我心里觉得可笑，
这活泼机灵的姑娘
怎么事事都让我难以收场。

家养的那条狗在大门口吠声不停，
按照拜伦的风度对我表示欢迎。

（1924年）

苏维埃罗斯

——致阿·萨哈罗夫

那场风暴已经过去了，我们所剩无几。
知心朋友之中，不少人都已死去。
我又回到曾经离弃的故里，
打从我背井离乡已八年有余。

我能招呼谁？至今，我还活着，
这一凄凉的喜讯，能跟谁分享呢？
这里就连风车都仿佛闭着眼睛，
像只剩一只翅膀的呆鸟默然伫立。

这里谁也不认识我了，
那些曾记得我的人，也早已忘记。
曾经是父辈祖居之地，
如今尽是灰烬和路边陈积的垃圾。

而生活却热火朝天，

老者也好，年轻人也罢，
都在我周围来来去去。
然而，没有一个人对我脱帽致礼，
在任何人的眼神里我都找不到暖意

此刻万千思绪在我脑海里泛起：
家乡究竟怎么啦？
难道这一切真的是梦境？
这里，几乎所有人都觉得我郁闷，
更不知是哪个遥远国度的游人。

可这个游人就是我！
我，一个小村庄的公民，
这小村庄之所以如此闻名
仅仅因为一位农妇当初生下了
一个惹是生非的俄罗斯诗人。

然而，理性的声音对心灵说：
“清醒清醒！有什么可抱怨？
要知道，这不过是另一代人
在老屋旁边点燃除旧迎新的光明火焰。

“你已经有点过时了，
新的青年唱的是新的歌儿，
大概人们更感兴趣的正是他们，——
不是把村庄，而是把大地视为母亲。”

啊，祖国，我竟变得如此可笑！
瘦削的面颊上掠过一丝羞涩的红晕。
同胞的话语，我觉得陌生，
在自己的祖国，我似乎变成了外国人。

眼前，我岂不就看见：
村民们，在礼拜天，
有如去教堂，聚集在乡政府门前。
七嘴八舌，脏话污秽不堪，
尽说各自家里的“柴米油盐”。

已近黄昏。夕阳的余晖有如稀薄的镀金
尽洒灰暗的原野大地，
白杨树赤裸的长腿扎进水沟的沟帮里，
像牛犊一齐用力顶大门似的。

一个跛脚的红军战士，睡眼惺忪，

皱着眉头沉浸在回忆里，
严肃认真地讲述布琼尼，
讲述红军怎样夺回佩列科普的土地。

“我们把盘踞在克里米亚的
资产阶级，狠狠地收拾了一下……”
枫树竖起长长的枝条耳朵在听，
农妇们却在寂静的晦暗中赞叹惊讶。

从山上走下一群共青团员，
在手风琴的伴奏下高歌行进，
他们唱的是杰米扬·别德内的宣传鼓动诗，
山谷响彻着他们欢快喊叫的声音。

这就是现在的国家！
我干吗要在诗中去叫喊，
说什么我跟人民站在一起？
这里不再需要我的诗了，
说不定我本人也派不上什么用处。

有什么好说的呢！
别了，我的故乡。

令我欣慰的是，我曾为你效过劳，——
你伤痛时我为你把歌儿唱过，
纵然现今没人再唱我的歌。

一切的一切，我都接受。
现存的一切，我能身体力行。
我会沿着已踩出的脚印行进，
把整个心灵献给十月和五月，
唯独不会交出心爱的竖琴。

我不会把它交到别人手里，
哪怕是母亲，是朋友，是爱妻。
这竖琴只把自己的声音托付给我，
那柔情的歌儿，我是唯一的知音。

年轻人啊，繁花似锦，茁壮成长吧！
你们有新的生活，有另一种歌声。
而我，独自去一个无人知晓的地方，
让激动不安的心永远平静。

不过，即使到了那个时候，
当整个地球上，

民族之间的敌意已消除殆尽，
谎言和忧伤也都不见踪迹，——
我将如同现在的我，
投入诗人的整个身心
去歌颂简称为“罗斯”，
占地球六分之一的祖国大地。

（1924年）

渐渐离去的罗斯

虽说列宁的胜利思想哺育了我们，
可很多事情我们依然不够明了，
那些新的歌儿，
我们都按老调调去唱，
就像爷爷奶奶教过我们那样。

朋友啊，朋友！
国家已分裂成何等模样，
沸腾与火热的生活里隐含着多大的忧患！
要知道，也许正因为如此这般，
我自己都想卷起裤腿，
追随共青团跑步向前。

我不指责那些愁眉苦脸的人离去——
怎能够要求老年人
追赶年轻人呢？

他们不过是没被收割的黑麦，
剩下的事情只有枯朽和麦粒掉落下来。

再说我吧，我自己呢，
不年老，也不年轻，
对于时代，简直粪土不如。
莫非就因为如此，小酒馆的吉他之音
才唤回我甜美的梦境？

我心爱的吉他啊，
你响起来吧，响声铮铮！
茨冈女郎啊，你随便弹上一曲，
好让我忘却那乌烟瘴气的岁月——
不知何谓柔情，何谓安宁。

这我可要抱怨苏维埃政权，
内心对它有点埋怨：
在别人为之奋斗的过程中，
我没见到自己的青春有什么光明。
我见到了什么呀？

我见到的是没完没了的打仗，

我听到的不是歌声，
取而代之，是排炮的轰鸣。
莫非正因为如此，我才不顾头发焦黄，
满世界乱闯，直到栽了跟头？

不过，我毕竟是幸福的。
接连而来的暴风雨，
给我留下了不可磨灭的印象。
旋风改变了我的命运，
仿佛穿上了织锦衣裳，熠熠闪亮。

我并不是一个新人！
这有什么可隐瞒？
我的一条腿留在过去，
另一条力图赶上钢铁时代的发展，
我常常滑倒在地。

不过还有另外一些人，
就是那些
更为不幸和被遗忘的人们。
他们好比筛眼里漏下去的秕子，
在种种不理解的事件中沉沦。

我看透了他们，
并且投去一瞥，他们
两眼显得比母牛还悲切。
在人世间种种事业里，他们
周身的血液有如一池死水般难闻。

谁会往这池塘里扔石头？
千万别去碰它！
否则会弥漫恶臭。
这些人将会自行消亡，
就像枯叶落地腐烂那样。

也还有一种人，
他们可说有信仰，
向未来投以怯生生的目光。
他们摸摸后脑勺，再摸摸脑门子，
把新的生活，讲了又讲。

我洗耳恭听。脑海里又浮现：
赤贫的农夫们在胡扯着什么。
“有了苏维埃政权，我们生活有保障……
如今有花布就更好……再少来点儿铁钉……”

这些大胡子农民的需要可真少，
他们的生活需求，
充其量就是土豆和面包。
我干吗夜夜不睡，骂骂咧咧，
抱怨痛苦、倒霉的命运？

我羡慕的人是，
经历过枪林弹雨，
捍卫过伟大的理想。
而我却断送了自己的青春，
没留下什么值得回忆的东西。

这是多么荒唐！
简直是荒唐极了！
我竟然身处狭窄的夹缝里。
须知，我能做到的，
原本还可以多些，
不是已做到的那点儿，
信手涂鸦，有如儿戏。

我心爱的吉他啊，
你响起来吧，响声铮铮！

茨冈女郎啊，你随便弹上一曲，
好让我忘却那乌烟瘴气的岁月——
不知何谓柔情，何谓安宁。

我知道，苦酒并不能消愁，
看空一切和离群索居，
不能救治心灵的空虚。
我知道，也许正因为如此这般，
我才想卷起裤腿，
追随共青团跑步向前。

（1924年）

给一个女人的信[1]

您是记得的，
不消说，您什么都记得，
记得我怎样站在那里，
怎样渐渐退向了墙壁，
您激动不已，在房间里走来走去，
冲着我的脸直嚷嚷，
话说得极其严厉。

您反复强调：
我们该分手了，
说我的那种荒诞的生活
实在让您深受折磨，
说您该着手正经的事情，
而我命里注定——
步步下滑，继续堕落。

---

① 这是诗人献给前妻拉依赫（1894—1939）的诗作。

亲爱的!
当时您不曾疼爱过我。
您不知我在那一大帮人中间,
像一匹被大胆骑手驱赶的马,
全身上下直冒热汗。

您不知道,
我身处什么也看不清的烟雾,
生活让风暴弄得天翻地覆,
就因为如此,我极其痛苦,
弄不清厄运会把我们带往何处。

脸贴近脸,
面容难辨。
大事远看才明显。
一旦平静的海面大浪滔天
航船便处境艰险。

我们的地球,有如一艘航船!
为了新的生活,新的曙光,
有一个人猛然
迎着风雪交加与雷雨不停,

威严地拨正了航船的方向。

在这航船的平滑甲板上，我们之中
有谁没跌倒过，没呕吐过，没骂过娘？
可说很少有人凭着自己的丰富经验，
在颠簸中依然显得坚强。

当时的我，
也淹没在惊恐尖叫的混杂声中，
自己的职责，尽管心里清楚，
可我还是下到航船的底舱里，
为的是不看人们的呕吐。

那底舱就是
俄罗斯小酒馆。
我俯身在酒杯上面，
为的是不再为思念谁而痛苦，
只求烂醉如泥，意识不清，
将自身彻底断送。

亲爱的！
我带给你的尽是痛苦，

在你那双疲惫的眼睛里，
总是充满了忧愁：
在您面前我只是做做姿态，
实际上惹是生非，耗尽自己。

可您不知道，
我身处什么也看不清的烟雾，
生活让风暴弄得天翻地覆，
就因为如此，我极其痛苦，
弄不清厄运会把我们带往何处……

而今那样的岁月已成为过去，
我也身处另一种年纪，
无论是思考还是感受都按另一种方式。
节日我总倡议如此祝酒：
赞美和荣誉属于舵手！

今天的我，
已然经受过温柔情感的冲击。
我回想起你那忧愁的倦容。
就在此刻，
我迫不及待地想告诉您，

过去的我是什么样子，
现在的我又是怎样的人。

亲爱的！
我怀着喜悦的心情告诉您：
我避开了坠身于悬崖峭壁。
如今在苏维埃国家里，
作为同路人，我狂热无比。

今非昔比，
我已不是当年的我。
我不会再像从前那样，
带给您尽是折磨。
为了自由，
为了光辉劳动的大旗，
即使徒步走到英吉利海峡我也愿意。

请原谅我……
我知道：您已不是从前的您，
现在您已经和那位颇有名气、
相当聪明的丈夫生活在一起；
我们之间的烦恼，对您已是多余，

就连我本人，
对您来说也不值一提。

在门廊更新的屋檐下，
您就按命运之星的指引，
把生活继续。
向您致敬，
永远把您铭记在心的
一位老相识
——谢尔盖·叶赛宁。

（1924年）

给外祖父的信

我早已离开
故乡的老住处。
亲爱的外公！
我又在给你写信……
想来，此刻你的窗外
暴风雪正在呼啸，
烟囱里正呜呜不停地喧嚣。

仿佛有上百个魔鬼
爬进了阁楼，
而你整夜都睡不踏实，
腿还不停地哆嗦。
你似乎想起身，
披上自己的上衣，
直奔阁楼那里
用火钩子痛打他们。

这真是异想天开，
幼稚得多么可爱！
怪不得祖姥爷
当年要化三斗燕麦，
送你去找教堂执事，
在那荒无人烟的僻静地方，
教学“启蒙”，
从“在天之父”到“信念象征”。

放牧好马大有门道，
主人对马的爱
体现在确保好草好料。
你就扪心自问，
评判一下自己，
岂不也是那样
教过你的这个外孙。

然而，对你的这套说教，
外孙我只是听听罢了，
让你更伤心的是，
外孙去了异国他乡。
在你看来，如今

我是在到处流浪，
脑子里尽在胡编乱造，
写些没用的愚蠢诗章。

你常对我唠叨，
说什么我被别人偷了，
说我简直是傻瓜一个，
而城市本身就是个骗子，花天酒地。
不过，外公啊，
未必那样，未必吧，——
不中用的劣马
小偷才不稀罕呢。

没什么用的马呀，
要赶出院门都难，
可是，如果有人想见见世面，
看看外面那辽阔的原野，
那他肯定会说：
为了不在这死河湾里腐烂，
就应该离开自己的出生之地，
离开自己的家园。

瞧我，岂不离开了家园，
此时正远在天涯。
这里正处春天，
玫瑰花比拳头还大。
我从这遥远的天边，
对着你孤独的命运，
送去玫瑰花温情的敬意。

如今在梁赞，
到处都是暴风雪在呼啸，
而想见见我的心情，
让你火烧火燎。
不过，你可要知道，
无论什么样的雪橇，
要把你拉到这里，
拉到我这儿，是不可能了。

我知道，
你原本会来看看玫瑰花儿，
来这温暖的地方，
就因为一点，事情便不好办了：
你对力气大的火车大马

总是深恶痛绝，又咒又骂，
这就永远无法使你挪动挪动，
随便去哪里看看啦。

假如有一天我呜呼了呢？
你听清楚了，外公，
我说的是，一旦我呜呼了，
那你坐不坐火车，
来参加
我的葬礼，
为我唱最终的挽歌，
唱“哈利路亚”呢？

到那时，我的老外公啊，
你就坐上火车，别流泪，
相信火车，
相信那匹钢铁的马。
那可是千里驹呀，
带蒸汽车头的烈马！
大概是从德国
买回来的呀。

它的那张铁的嘴巴，
习惯于吞火吐烟，
喷出的烟有如马鬃，
浓黑，密实而又形状分明。
如果我们的马
也会有这样的马鬃，
那我们能得多少
各种毛刷和拖把！

我知道，
时间甚至能滴穿石头……
你，我的老外公啊，
将来，总有一天会明白：
哪怕你把最好的马
驾上雪橇，
拉到这天边的
也只能是白骨了……

你会恍然大悟，
我并非无缘无故，
去到那个地方，
那里跑比飞还快哩。

在暴风雪肆虐
而又席卷冲天大火的国度，
一匹不怎么样的劣马
连小偷都不会稀罕。

（1924年）

月儿为什么这样暗淡昏黄

“月儿为什么这样暗淡昏黄，
把灰蒙蒙的光洒向霍拉桑的花园宅墙？
我仿佛走在俄罗斯的原野上
头顶笼罩着簌簌有声的帷帐。”——

亲爱的拉拉，我曾这样问过，
问夜间沉默不语的一棵棵柏树，
它们却一句话也不说，
只顾向天空傲然昂起头颅。

“月儿照射，为什么如此忧伤？”——
我在灌木丛中这样问鲜花，
鲜花说：“瞧那瑟瑟发抖的玫瑰，
从她的悲伤你就能感知呀。”

玫瑰的花瓣凋零飘落，

悄然告诉我一个秘密：
“你的莎甘奈跟别人相偎相依，
莎甘奈亲吻的是别人呢。”

还说什么“这俄国人瞧不见的……
心需要歌儿，歌儿则需要生活和肉体……”
就因为这样，月儿照射才那么暗淡昏黄，
就因为这样，月儿才那么苍白悲戚。

交心、眼泪和痛苦，见过的实在不少，
有的人避不开，有的人躲得了。

不管怎么说，大地上的夜晚，
淡紫色的夜晚，依然那么美好。

（1925年）

别了，巴库！我再也见不到你

别了，巴库！我再也见不到你！
此刻心中是悲哀，此刻心中是惊惧。
手按着的心此刻更疼也更近，
我深感“朋友”这个普通词儿的意义。

别了，巴库！别了，这突厥人[①]的蓝天！
热血渐渐冷却，气力渐渐消逝。
可我将把里海的波涛和巴拉罕[②]的五月，
作为幸福，带到坟墓里去。

别了，巴库！别了，像会心的歌儿！
朋友，让我最后一次拥抱你……
愿你能像金色的玫瑰那样，
在丁香花开的迷雾中对我点头示意。

（1925年）

① 指阿塞拜疆人。
② 巴库的一郊区。

幽蓝的迷雾，雪原茫茫……

幽蓝的迷雾，雪原茫茫……
衬托着淡淡的柠檬色月光。
内心总是怀着一丝乡愁，隐隐作痛，
回想起往昔岁月的什么事情。

台阶前的雪依然如松散的浮沙，
也是在这样的月色里，也是默默无语，
我把猫皮帽子狠狠扣在额头上，
悄然离开自己这祖居。

我再次造访我的故乡。
谁还认得我？谁忘了我？
作为自家老屋的主人，我只能独自悲伤，
酷似一个被逐出门外的不速之客。

我默然揉扯手中的新帽子，

心情不好，貂皮也不称心。
我想起了外公，想起了外婆，
想起了浮雪积存的墓地旧坟。

人生在世，无论努力不努力，
迟早都会离去，去那边安息，
这就是为什么我总想接近世人，
这就是为什么我爱世人会如此之深。

正因为如此，我差点儿哭出声来，
然而，我还是面带微笑，熄灭心灵之光，
仿佛我最后一次看到
门廊那里趴着一只狗的故居老房。

（1925年）

淡淡的月光令人昏昏沉沉

淡淡的月光令人昏昏沉沉，
无边的原野也让人烦闷，——
瞧我少年时代这亲眼所见，
可说又爱又恨，而且不止我一人。

走到哪儿路旁都是衰颓的枯柳，
还有大车轱辘的吱呀歌声……
如今我怎么也不会愿意
什么时候再把那声音谛听。

对茅屋我已变得心态漠然，
对炉灶的火苗也不再迷恋，
就连春天苹果树花儿怒放，
也由于生活贫苦，我不再多看。

现在让我称心的是另一番景象……

在这害肺痨病似的月光之下，
透过坚石和钢铁所建的一切
我看到了祖国的雄伟强大。

原野辽阔的俄罗斯啊，够啦，
别再让木犁在田地里跋涉耕种，
你那贫穷落后的模样，
就连白桦和白杨也看着心疼。

我不知道自己将会怎样……
也许对新生活已派不上用场，
但无论如何我也希望看到
贫穷的俄罗斯变得钢铁般坚强。

任凭风雪交加，雷雨不停，
我也要谛听那马达的轰鸣，
如今我怎么也不希望
听那老牛破车的吱呀歌声。

（1924年）

茫茫的雪原，苍白的月亮

茫茫的雪原，苍白的月亮，
殓衣盖住了我们这块大地。
穿孝的白桦哭遍了树林。
这儿谁死了？谁？莫不是我自己？

（1925年）

你不爱我也不怜悯我

你不爱我也不怜悯我，
莫非我不够英俊？
你的手搭在我的肩上，
情欲使你茫然失神。

年轻多情的姑娘，
我既不鲁莽也不温存。
请告诉我，你喜欢过多少人？
记得多少人的手臂？多少人的嘴唇？

我知道，那些已成为过眼云烟，
他们没触及过你的火焰，
你坐过许多人的膝头，
如今竟在我的身边。

你尽管眯起眼睛，

去想念那一位情人，
须知我也沉浸在回忆里，
对你的爱并不算深。

不要把我们的关系视为命运，
它只不过是感情的冲动，
似你我这种萍水相逢，
微微一笑就各奔前程。

诚然，你将走自己的路，
消磨没有欢乐的时辰，
只是不要挑逗天真无邪的童男，
只是不要撩拨他们的童心。

当你同别人在小巷里逗留，
倾吐着甜蜜的话语，
也许我也会在那儿漫步，
重又与你街头相遇。

你会偎依着别人的肩头，
脸微微地倾在一旁，
你会小声对我说："晚上好！"

我回答说："晚上好，姑娘！"

什么也引不起心的不安，
什么也唤不醒心的激动，——
爱情不可能去了又来，
灰炬不可能再烈火熊熊。

（1925年）

（以上王守仁译）

我那旧日的伤痛平复了

我那旧日的伤痛平复了，
呓语吞噬不了我心房。
我用德黑兰的蓝色花朵
在茶馆医治心灵创伤。

一位膀大腰圆的老板，
想叫俄国人把茶馆赞美，
不斟烈性伏特加和葡萄酒，
而是款待我们红茶一杯。

款待吧，主人，但别太殷勤，
你花园里有不少玫瑰在争春。
她们轻撩起身上的黑披纱，
不是无故朝我顾盼传情。

我们俄国对春天般的姑娘，

不会像拴狗似的拴上铁链，
我们学接吻不必花金钱，
不争风斗殴和巧用短剑。

哦，这貌如朝霞的女郎，
为了她身姿的娉婷翩跹，
我要送给她霍拉桑[①]的披肩，
我要送给她设拉子[②]的地毯。

主人，把茶沏得更浓些，
我对你永不会口吐谎言。
如今我可以对自己负责，
替你负责我倒是很为难。

你对大门别盯得太紧，
花园里还有一个小门……
她们轻撩起身上的黑披纱，
不是无故朝我顾盼传情。

（1924年）

① 波斯（今伊朗）东北部的城市。
② 波斯（今伊朗）南部一城市，是著名诗人萨迪、哈菲兹的故乡。

我今天问一个钱币兑换商

我今天问一个钱币兑换商——
一卢布他给换半个土曼[①]：
我该怎样给美丽的拉拉
用波斯语说“我爱你”的温柔字眼？

比清风和凡湖[②]水流还更轻，
我今天问那位钱币兑换商：
我该怎样给美丽的拉拉
把“接吻”这温柔的字眼谈讲？

我把羞怯深藏在心房，
再次问那位钱币兑换商：
我该怎样给美丽的拉拉
把“她是我的”这句话谈讲？

---

① 1932年以前的波斯金币。

② 土耳其湖名。

钱币兑换商回答得很简单：
爱情不能用话语来谈讲
谈恋爱只能悄悄地叹息，
双眸却似宝石般发光。

接吻没有自己的名称，
接吻不是墓碑上的题词。
接吻散发着红玫瑰的芳香，
落英缤纷般在唇上消失。

爱情无须乎拍胸担保，
有了它却可喜忧分尝。
只有那双揭开黑披纱的手
才能把“你是我的”来谈讲。

（1924年）

我从未到过博斯普鲁斯海峡

我从未到过博斯普鲁斯海峡，
别向我来打听它的风光。
我在你明眸里看见了大海，
它摇曳着浅蓝色的焰光。

我没有随商队到过巴格达，
未曾运去过丝绸和染色油。
请弯下你那苗条的腰肢吧，
快让我歇息在你的膝头。

无论我怎样恳求你听听，
也许你永远会无动于衷：
在遥远的名字——俄罗斯那里
我是个公认的著名诗人。

手风琴正在我心中鸣响，

月夜的犬吠声传入耳鼓。
波斯女郎，难道你不想
见一见遥远的蓝色国土？

来这里我不是出于寂寞，
是无形的你唤我到你身旁。
你那天鹅般的双臂搂抱我，
像两只翅膀缠绕在我身上。

我早在命运里寻求宁静，
连往事我也不怨天尤人，
给我讲点儿有趣的事儿吧，
谈谈你欢快的国家的新闻。

请压下我心中手风琴的幽怨，
用清新的气息给我斟饮！
免得我为遥远的北国姑娘
总在叹息、思念和苦闷。

我虽未到过博斯普鲁斯海峡，
但为你可想象它的风光，

反正你的明眸似大海，
它摇曳着浅蓝色的焰光。

（1924年）

番红花的国度里暮色苍茫

番红花的国度里暮色苍茫，
田野上浮动着玫瑰的暗香。
我的亲爱的，请给我唱支歌，
把哈耶姆[①]唱的那首唱一唱。
田野上浮动着玫瑰的暗香。

设拉子笼罩着一片月光，
蝶群般的繁星在天顶回翔。
我不喜欢波斯的男人
让妇女和姑娘穿上披纱。
设拉子笼罩着一片月光。

莫非因热得不能动弹，
她们把黄铜般身躯遮上？
莫非为更加招人喜爱，

① 奥马尔·哈耶母（1040—1123？），又译作莪默·伽亚谟，波斯诗人。

不愿让自己的脸晒黑，
她们把黄铜般身躯遮上？

亲爱的，你别和披纱结缘，
请把这戒律扼要记心上。
我们的生命本来就短暂，
难得有缘来赏玩幸福，
请把这戒律扼要记心上。

你所领受的天惠神恩
把命定的一切丑陋遮掩。
既然造化把美容给了你，
那么这将是一种罪过，
如果蒙起来不让人看见。

田野上浮动着玫瑰的暗香，
心儿却梦见另一个国邦。
亲爱的，让我亲自给你
把哈耶姆从未唱的唱一唱……
田野上浮动着玫瑰的暗香。

（1924年）

可爱的出版家！在这册书里[①]

可爱的出版家！在这册书里，
我总是沉湎于新的情思，
在每个瞬间我力求理解
以公社的姿态挺立的罗斯。

纵使我描写许多事时
笔对纸絮语有点笨拙，
心灵不理解我们的节日，
一直朦胧沙哑地唱着。

但你凭着诗人的幻想，
跳出字面就能够看出：
在苏维埃当政的国家，
不用陈旧的语言写作。

① 本诗谈到了诗歌的创新原则和意象艺术的探索经验，是解读叶诗的一把钥匙。

分析我们大胆的经验，
你可别对我尽情奚落。——
仅仅是因为这个缘故，
笔对纸絮语有点笨拙。

（1924年）

我们如今一个一个离去[1]

我们如今一个一个离去，
去到平静和美满的国度。
也许，我也很快该打点
速朽的行装去准备上路。

我的心爱的小白桦树林！
你，大地！你们，沙原！
在这群行将辞世的人前
我无法来掩饰我的思念。

我太爱这个世界上一切
使心灵化为血肉的物品。
祝福白杨，它展放枝叶，
朝绯红的水面望得出神。

① 诗人因自己的挚友希里亚维茨的突然故去而失声痛哭，对一位朋友说："天哪，多么可怕！也要轮到我上路了！"正是在这样的心境下他写了这首诗。

我在寂静中百般地思量，
编写过不少唱自己的歌，
而我在这阴郁的人世间，
因呼吸、生活感到过幸福。

感到幸福的是吻过女人，
踩过花朵，在草上打过滚，
像对待自己的小兄弟那样，
从没把动物的头碰一碰。

我知道彼岸密林不茂盛，
黑麦似天鹅脖颈般沉寂。
因此在这群辞世者面前，
我总是感到不由得战栗。

我知道那个国度里不会有
雾霭中金光灿灿的田地……
因此对同生活在人间的人
我才感到格外地亲昵。

（1924年）

致普希金[①]

我站在特维尔街心花园，
对一个人的天才神往，
他已成为俄罗斯的命运，
我站着，这样自诉衷肠。

他头发淡黄，几近乳白，
在传说中他似迷雾一团，
啊，亚历山大，你曾是浪子，
一如我今日是个无赖汉。

但这些可心的开心解闷，
并没有暗淡你的形象，
在那光荣浇铸的青铜里
你把高傲的头颅昂扬。

① 此诗系为纪念普希金一百二十五周年诞辰而作，写成后诗人曾在普希金铜像台座的台阶上朗诵过。

我站在这里，如在圣餐前，
要说出回答你的话语：
如能获得你那样的命运，
我会幸福得立刻死去。

虽然命定要受到驱迫，
但我还将久久地歌唱……
好让我的草原之歌
也能像青铜一样铿锵。

（1924年）

安着浅蓝色护窗板的矮房

安着浅蓝色护窗板的矮房，
我永远也无法将你遗忘，
半明半暗中沉寂了的岁月
逝去了还没有那么久长。

时至今日我依旧能梦见
我们的田野、牧场和森林，
俨如一块淡灰色的花布，
头上是贫瘠的北国天穹。

我已经不善于对它们赞赏，
也不愿在密林深处销声，
不过，我也许会永世怀着
俄罗斯心灵忧郁的柔情。

我曾喜看那灰白的鹤群

哀鸣着飞往贫瘠的远方，
因为它们在空旷的田野里，
看不见可以充饥的食粮。

我只看见白桦和鲜花，
还有歪斜和无叶的柳丛，
还听得到强盗的哨声，
它一响人们很容易丧生。

无论我怎样愿意不再爱，
反正我无法学会这能耐，
在这块廉价的花布下面，
故乡的哀泣我也觉可爱。

因此这已不年轻的岁月
总散发不久的往昔的芳香……
安着浅蓝色护窗板的矮房，
我永远也无法将你遗忘。

（1924年）

金色的小树林不再说话了

金色的小树林不再说话了，
听不见白桦欢快的语言，
鹤群满怀忧伤地飞去了，
对谁也不会再依依眷恋。

眷恋谁啊？世人都是过客，
去了又来，再辞别家门。
伴着淡蓝色池塘上空的圆月，
大麻田梦怀所有的离人。

我独自伫立在光裸的原野，
风儿把鹤群送往远方，
我遥想欢快的青春岁月，
但对往事我毫不惆怅。

我并不悔恨蹉跎的年华，

我并不惋惜心灵的丁香。
园中那红似篝火的花楸，
温暖不了任何人的心房。

红透的花楸并不会烧焦，
发黄的小草并不会枯死。
我口中吐出忧伤的话儿，
像树木悄然落下了叶子。

倘若时光驰过像阵风，
把话儿当成废物收敛……
就请告诉它：金色的丛林
不再倾吐心爱的语言。

（1924年）

花[1]

一

花儿都低低地朝我点头，
把“永别了！”的话儿对我倾吐，
说我在近处再也看不见
故乡的田野和祖辈的故土。

亲爱的花儿！没什么，没什么！
我见过你们，也见过大地，
像消受新的抚爱一样，
也将承受入墓前的战栗。

① 叶赛宁于1924年12月21日从巴统给在巴库的朋友恰金所写的信上这样写到：“《花》发表不发表由你决定。这是一首哲理诗。对这首诗应当这样来读：喝一点儿酒，想一想星星，想想你在空间中是怎么行事，等等。这样这首诗便好理解了。”同年，他在给别尼斯拉夫斯卡娅的信中说：“《花》也许是我所写的作品中最好的一部。”诗人在这首诗中用拟人与象征混合的手法，描绘了花、人和钢铁几者之间的关系，发掘了生与死、人与自然、爱与恨、忧与喜、强与弱等多种深邃的哲理。

二

春日的黄昏，蓝色的时辰，
嘿，我怎能不喜欢你们，
我怎能不喜欢你们，花儿？
我真想和你们举杯对饮。

喧鸣吧，紫罗兰和木樨草，
我的心灵遭到灾难了。
我的心灵遭到灾难了，
喧鸣吧，紫罗兰和木樨草。

三

风铃草啊，莫非你的热情
用歌声摇响了我心灵之铃，
还说道，和我们相距很远呀，
那双矢车菊般可爱的眼睛。

别唱！别对我唱！饶恕我吧。
情焰本来就在胸中燃烧。
她来了，像难割难舍的爱情

又回到了“重新”[1]的韵脚。

四

我的花儿！并非谁都能
知晓我的心已在颤抖，
并非谁都能用他的火焰
烧暖我这冰冷的心头。

并非谁都能伸出手掌，
敢于捉住凶恶的命运。
我像一只扑火的飞蛾，
飞向篝火把火焰亲吻。

五

我不喜欢灌木丛中的花，
我不把它们称作花儿，
纵使我的嘴挨着它们，
也说不出温情的话儿。

---

① 在俄语中любовь（爱情）和вновь（重新）属同一韵辙。

我只爱那样的小花，
它在泥土里扎下根须，
我爱着它，也接受它的爱，
犹如对待北国的矢车菊。

六

甚至花楸树上也有花儿，
这花儿是红果的先驱者，
它们像冰雹一样落地，
便从高处抛下了紫红色。

它们不是地上那些花。
花楸的花儿——又当别论。
它们是生命，如我们的躯体，
在万古的混沌中繁衍子孙。

七

我的爱，原谅，原谅我吧，
对什么我都不曾回避。
但人生路上我最亲切的，

是我所无法重复的东西。

你和我也都无法重复，
我们死了，有别人替代，
但一切毕竟已不是原样，
我不属于你，你非我所爱。

八

花儿，你低低地朝我点头，
把“永别了”的话儿对我倾吐，
说什么在近处再也看不见
她的脸庞、我的故土。

没什么，就让我见不着吧！
另一些花儿也叫我惊叹。
所以我要用口编的歌儿，
把一马平川的土地颂赞。

九

人们难道不也是花儿吗？

啊，亲爱的，你会了然，
这里没有空洞的话语，

犹如花茎摆动着躯干，
我的这颗头颅对于你
难道不就是金色的玫瑰？
人的花既会爬，也会走，
严寒或酷暑都能绽新蕾。

十

我见过花儿来去匆匆，
打从我知道在这世上
那个事件发生在十月，
我的心便变得更善良。

花儿彼此厮杀不休，
红花比群芳更善于战斗，
红花多半在风雪中凋萎，
但它们以韧性的威力，
终于叫那些刽子手败北。

十一

十月啊，十月！
我非常地可惜
那些已经凋落的红花。
钢刀把玫瑰的头割去，
但我仍然不怕钢铁。

大地上会走路的花儿啊！
他们能更干净地挫败钢铁，
用钢铁可以制造船舰，
用钢铁可以建造住宅。

十二

因为这缘故我才认识
世界不是苦行僧的戒律，
我把“世间万物可重复”，
柔情地编进我的诗句。

因为这缘故我要歌唱，
我的歌不会白白浪费，

我要给恋人交出头颅，

就像交出金色的玫瑰。

（1924年）

在高加索[1]

自古我们俄罗斯的诗坛
一直向往那陌生的地方，
高加索，唯有你比谁都
更能拨响那神秘的雾帐。

普希金在这里用感情之火，
用自己失宠的心灵写诗章：
“美人，你不要在我面前
把悲伤的格鲁吉亚的歌哼唱。”[2]

莱蒙托夫在治疗忧伤病时，
给我们讲阿扎玛特[3]的经历，

① 这是一首怀古述志的诗。高加索给了叶赛宁以诗的灵感，他的创作高峰期主要是在高加索实现的（作品的三分之一）。这首诗不仅表明了叶赛宁忠于普希金的诗歌传统，也揭开了叶赛宁在坎坷中前进的谜底，在一定程度上披露了叶赛宁悲剧的真相。

② 普希金1828年所写一首无题抒情诗的头两行。

③ 为《当代英雄》（贝拉）中的人物。

讲述他怎样为购买一匹马，
给卡兹比奇[1]把姐姐当金币。

论脸上流露的忧伤和恼恨，
他不亚于浑黄江流的奔腾，
作为一个诗人和军官，
他因朋友的子弹而镇静。

格里鲍耶多夫也在这里葬身，
作为我们对波斯乌云的贡品，
他长眠在一座大山的山脚下，
谛听着唢呐和塔里琴的啼音。

如今我来到这坎坷之地，
自己也不知是什么原因：
在这里凭吊亲人的尸骨，
还是窥探自己辞世的时辰！

这件事对于我反正都一样！
我缅怀他们，亡故的伟人，
你那粗野的河流和山谷的

① 为《当代英雄》（贝拉）中的人物。

喉音重的喧声治愈过他们。

他们逃离了敌人的迫害，
从朋友的身边逃到这里，
只是为了听听脚镣叮当，
从山头眺望僻静的远地。

我也逃离我那些祸害和不幸，
永远地告别了名士派生活，
因为一个能写叙事大题材的
诗人已经在我的身上成熟。

我珍视诗中俄罗斯的热情，
有个马雅可夫斯基，还有其他人，
但作为他们的主要彩绘师，
他把穆绥里普罗姆①的软木塞歌颂。

还有克留耶夫，拉多加的诵经员，
他的诗篇像一件女棉坎肩，
不过我昨天已朗读了它——
金丝雀就在笼中一命归天。

---

① 莫斯科农工产品加工联合企业。在这里是用的缩写（音译）。

别的诗人无须一一列举，
他们在寒冷的太阳下成熟，
他们连拙劣地涂写纸张，
甚至连怎样涂写都不能对付。

请原谅，高加索，我对你
竟在无意中把他们提及。
请教会我把山茱萸的汁液
流贯我的俄罗斯的诗句。

但愿我在重返莫斯科时，
能够写一首最美的长诗，
来忘却毫无用处的忧思，
并永不再跟名士派结识。

但愿我能在我的国家，
诀别时能反复诵念诗行：
“美人，你不要在我面前
把悲伤的格鲁吉亚的歌哼唱。”

（1924年）

回　　信[①]

我亲爱的老妈妈，
愿你好好地生活。
我深深地感觉到，
你在疼我和想我。
可是你呀
一点儿也不懂得——
我追求啥，
在世上干的什么。

你们那里正冬天。
每当月明的夜晚，
我知道不止
你一人浮想联翩，
仿佛有人

① 这是叶赛宁对《母亲的来信》一诗的答诗，是另一封“给母亲的信”，进一步深化了他所写的母爱的主题。

把稠李树摇晃，
片片雪花
在窗前纷纷扬扬。

我的亲人！
风雪天怎能安寝？
烟囱里如怨如诉，
拖长了声音呻吟。
每当我想躺下，
看见的却不是床，
是一口窄棺材，
眼看要把你埋葬。

犹如一千个带着
最难听的鼻音的诵经人
在唱着哭丧的调儿——
这暴风雪恶棍！
雪花纷纷飘落，
像撒下无数戈比，
而在棺材后面，
不见朋友不见妻。

我最最喜爱的，
要数春天。
我喜爱汹涌的
江河泛滥。
这里每块木片，
仿佛是只大船，
水域真辽阔，
一眼望不到边。

但我所爱的
那个春天，
我称呼它是用
伟大革命的字眼！
仅仅为了它，
我哀痛和受难，
仅为它一个，
我等待和召唤。

但多糟糕的东西——
这冰冷的行星！
就是列宁的太阳，
暂且难把它烧熔！

因此我怀着诗人的
一颗患病的心，
终于去胡闹、
莽撞和狂饮。

但总有那一天，
我亲爱的妈妈！
盼望的时刻定会来临
我们不是平白无故
在大炮旁蹲下：
有的开炮杀敌，
有的拿笔厮杀。

你把钱的事忘了吧，
把一切都忘了吧。
你要多少呀？！
难道是你说的吗？
我可不是母牛，
不是马，不是驴，
可以任人把我
从畜栏里牵走。

我会挺身而出的，
当那一天来到，
当轮到我们一齐
对整个星球轰炮，
当我回家时，
给你买条头巾，
而给爸爸
买些生活用品。

可现在，暴风雪还没停，
犹如一千个诵经人，
在唱着哭丧的调儿，
这暴风雪恶棍！
雪花纷纷飘落，
像撒下无数戈比，
而在棺材后面，
不见朋友不见妻。

（1924年）

斯　坦　司[1]

——献给П.И.恰金

对自己的才华，
我十分了解，
写诗并不太难。
唯有对故乡的爱，
最使我揪心、难过，
最灼痛我情怀。

写写小诗，
大概谁都能胜任——

① 斯坦司：18至19世纪欧洲的一种诗体，以抒发忧伤、悲愤情感为主。这首诗是叶赛宁献给好友П.И.恰金的。恰金对叶赛宁的事业起过重要作用，是他度过"精神危机"，重攀创作高峰的积极支持者之一。诗中不但表达了他直接歌唱时代的决心，而且最后完善了自己的诗歌纲领：要"当一名歌手"和"做一个公民"。叶赛宁对于以别德内依为首的"同志审决会"对他和他朋友的酗酒肇事所提警告一直耿耿于怀，在诗中有所流露，反映了当时文坛上的复杂斗争，特别是沃隆斯基那样先入为主地怀疑他急起直追的苦心和努力，著文指出他在本诗第三诗段所表示的决心是不可信的，对他显然是个沉重的打击。这不仅由于沃隆斯基在当时评论界的显要地位，而且因为沃隆斯基的意见对当时许多怀疑论者意见起着事实上的推波助澜的作用。

谈谈姑娘、星星和月亮……
可是另一种感情，
在吞噬我的心房；
可是另一些意念，
在压迫我的智囊。

我要当一名歌手，
我要做一个公民，
在伟大的苏维埃联盟，
好为每一个人，
树个引以自豪的标兵，
做个真正的儿子，
不是后爹或后妈所生。

我久久逃离莫斯科，
因为对付警察局
我缺乏熟练的本领，
为每次酗酒滋事，
他们总是对我
以雅号相赠。

多谢这些公民的友情。

然而也不太难忍：
睡一睡冷板凳，
还有用醉醺醺的嗓门
朗读几首小诗，
悲叹可怜的金丝雀
在笼子里的命运。

我并不是你们的金丝雀！
我是诗人！
且远不是杰米扬之流所可比，
尽管有时我糊涂烂醉，
但在我的眼里，
闪烁豁然省悟的奇辉。

我看见一切，
我清楚地懂得，
新纪元——
这非同小可；
列宁的名字
像劲风呼啸在家乡，
让思想通行无阻，
如转动磨坊车的翅膀。

亲人们，你们总浮现在我眼前！
你们将有好的前途，
我是你们的侄子，
你们则是我的叔叔。
谢尔盖，我们安静地坐下来
读一读马克思的书吧，
让我们来闻一闻
这枯燥字行中的精华。

岁月仿佛小溪的水，
奔流入迷蒙的大河，
眼前闪现一个个城市，
犹如纸上一个个字母。
不久前我到过莫斯科，
现在我正在巴库。
恰金让我们从采油厂
获得兴趣的最大满足。

“瞧，”他说道：
“这些黑色喷泉的井架
难道不比教堂
更好看吗？

我们的神秘主义迷雾可以休矣，
诗人，你快颂唱一下
更坚实、更有生气的东西。”

水上的石油，
犹如波斯人的被子，
黄昏把一大袋星星，
撒遍整个天际。
以一片赤诚的心，
我愿这样发誓：
巴库的街灯
比星星更美丽。

我充满对工业实力的想望，
我听见人力的声音。
对天上所有星星
我们都已唱够了——
在地上安排它们，
对我们简便得多。

我摸摸
自己的颈脖，

这样说：
“该轮到我们了，
来吧，谢尔盖，
也安静地读一读马克思的书，
以便能猜猜
枯燥的字里行间的妙处。”

（1924年）

春[①]

一次猝发结束了，
忧伤已失宠被黜。
我领受生活像美梦初得，
昨天在《资本论》里读到，
对于诗人来说。
也有自己的法则。

如今暴风雪
简直像鬼哭狼嚎，
像光裸的水鬼把门频敲，
我是健旺欢快者的同伴，
带一个清醒了的头脑。

① 这是叶赛宁于1924年以《攻读〈资本论〉》为总诗题发表过的两首诗（另一首为《暴风雪》）中的一首。“春”和“暴风雪”都具有象征的含义，寓指他“精神危机”之后和之前两种迥然不同的处境和心情。

腐烂的人值不得惋惜，
就连对我也不用可怜，
假如我在这暴风雪中
能够温顺地命归黄泉！

山雀，啾鸣吧！

早安！
不要害怕！
我不会碰你。
如果乐意的话，
你就按鸟的法则，
栖落到篱笆上吧。

旋转的法则——
它是世间生物之间的
一种关系。
假如你和人们共住一舍，
你便也有权
躺下和坐着。

你好啊，

我可怜的枫树！
请原谅，我委屈了你，
你的衣服已破破烂烂，
但你即将
穿上新的衣衫。

不用票据四月就给你
一顶绿色的便帽，
而牵牛花
悄悄地
给你温柔的怀抱。

姑娘走到你身旁，
用井水给你冲洗，
为了在严酷的十月
你能使暴风雪屈膝。

而在夜里，
月亮从山后浮起，
狗没能一口吞掉它，
它只是因为
人们在血腥搏斗，

才不惹人注意。

但血腥的搏斗结束了……
你看，
它以柠檬色的光
朝着打扮成一片绿的树丛，
倾注它那
掷地有声的光晕。

因此，我的心怀，
快把春天歌唱！
用新的诗篇，
让心潮激荡！
我如今虽快入梦，
但我决不会
和公鸡相骂一通。

大地，大地啊！
你不是金属，
金属可不会
吐芽破土。
但只消钻进

字里行间，

于是顷刻间

《资本论》一目了然。

（1924年）

清冷的月色金子般橙黄

清冷的月色金子般橙黄，
夹竹桃、紫罗兰竞相飘香。
多么好啊，在静穆之中漫步
在这温柔的浅蓝色国土上！

在遥远的地方有个巴格达，
山鲁佐德[①]曾生活和歌唱。
而今她什么也不需要了。
喧闹的花园已再无声响。

大地上年代久远的幽灵，
早已任坟头的野草盖满，
旅人，别聆听死人的话，
别把头俯向墓地的石板。

① 即《一千零一夜》中那位挺身而出，用给暴君一夜讲一个故事的计谋，拯救即将无辜被残杀的姐妹的人。

你看这周围景色多么好：
嘴唇禁不住想吻玫瑰花。
心里只消跟敌人一妥协，
番红花就会叫你乐无涯。

潇洒地生活，尽情地爱吧，
在金色月光下嬉游、亲吻，
如果你想要崇拜死人，
别用他的梦搅扰活人。

连山鲁佐德也这样唱过，
黄铜色树叶将重说一遍。
对于什么也不需要的人，
只能在世上对他们可怜。

（1925年）

天空澄清而又蔚蓝……

天空澄清而又蔚蓝
我走进鲜花盛开的林间。
奔向碧色天际的旅人，
你一路走去看不到荒原。
天空澄清而又蔚蓝。

你走过草地似穿过花园，
园中的百花争妍斗艳，
你不禁要把你的目光
停在一丛丛石竹上流连。
你走过草地似穿过花园。

这絮絮耳语或簌簌声响，
柔美如听萨迪的诗章。
在那明眸里忽然映出
月儿迷人的黄色清光，

柔美如读萨迪的诗章。

会传来绝色美人的声音，
像加桑的笛声一样悠扬，
在娇躯紧紧搂抱的怀里，
没有焦虑，也没有失落，
只有加桑的笛声在回荡。

每一个疲于奔波的旅人
无不期盼这样的佳运。
习习的风啊拂来馨香，
我用干裂的嘴唇痛饮，
习习的风啊拂来馨香。

（1925年）

霍拉桑[1]有这样一家门户

霍拉桑有这样一家门户，
门槛上飘落玫瑰无数，
有沉思的绝色美人居住。
霍拉桑有这样一家门户，
然而我未能推门进入。

不是我的手力气不足，
我的头发够金光夺目，
美人的声音动听柔和。
不是我的手力气不足，
然而我未能推门进入。

我求爱的勇气毫无用处。
何必呢？我的歌唱给谁听？
既然莎嘉已了无妒意，

① 波斯（今伊朗）的城市。

既然我未能推门进入，
我求爱的勇气毫无用处。

如今我该返回俄罗斯去。
波斯啊，竟然我要离开你？
出于对故乡的深情眷恋，
我竟然要永远和你分离？
如今我该返回俄罗斯去。

再见吧，绝色美人，再见。
纵然我未能开启你门院，
但你给了我美好的惆怅
在祖国我仍要把你歌唱。
再见吧，绝色美人，再见。

（1925年）

菲尔多西[1]浅蓝色的祖邦

菲尔多西浅蓝色的祖邦，
你不会让自己的记忆变凉，
忘却一个温柔的俄罗斯人
和他那单纯、沉思的目光，
菲尔多西浅蓝色的祖邦。

波斯啊，我知你美丽异常。
玫瑰花像灯盏一样绽放，
它们那清新矫健的姿影
又使我想起遥远的故乡。
波斯啊，我知你美丽异常。

今天我再次啜饮这芳香，
它醉人和家酿啤酒一样，
我也是最后一次在聆听

① 菲尔多西（941—1020），波斯著名诗人，著名诗史《王书》的作者。

亲爱的莎嘉，你的声音，
在这依依惜别的时光。

然而我怎能将你遗忘？
在我漂泊不定的生涯里，
我将向知近和疏远的人
诉说种种关于你的情状，
我永远也不会把你遗忘。

我不怕你会遭遇不幸，
但为了防范阴郁的不测，
我留下罗斯的歌给你唱，
当你唱起歌，你就想想我，
在歌中我对你会发出回响……

（1925年）

做一个诗人，就应当这样……

做一个诗人，就应当这样：
既然生活的真理无法违抗，
就要剖开自己柔嫩的肌肤，
用感情的血液抚慰他人的心房。

做一个诗人，就要歌唱自由，
让自由更贴近你的心房。
夜莺歌唱，他不觉得难过，
他也在把同一支歌吟唱。

金丝雀只模仿别人的声音，
它是可怜又可笑的小铃铛。
世界却需要用语言来歌吟，
独特得哪怕就像蛙鸣一样。

穆罕默德在古兰经中施计。

严禁饮用烈性的酒浆，
所以当诗人经受精神折磨时，
总是把葡萄淡酒品尝。

当诗人去找他的心上人，
她却和新欢正共枕同床，
他亏得肚中未消的残酒，
才没有将刀捅进她心房。

但他胸中燃烧起妒火，
回家前吹着口哨思量：
“算啦，我像个流浪汉死去吧，
在世间我们已习以为常。”

（1925年）

我恋人的双手像一对天鹅

我恋人的双手像一对天鹅，
在我的金发里时现时没。
这普天之下的所有人们
都一唱再唱这爱情的歌。

从前在远方我也曾唱过，
如今我又把它重新唱起，
因此那溢满柔情的话语
深深地呼吸生命的气息。

假如让心儿尽情地爱，
它将变成一个大金块，
然而德黑兰当空的皓月，
无法用歌声暖我心怀。

我不知该怎样度过此生——

在心爱的莎嘉的爱抚中燃尽，
还是到老年时内心激动地
因错失颂爱的勇气而伤心？

万物都有自己的特色：
有的悦耳朵，有的娱眼睛。
如果波斯人编不好歌，
他绝不会来自设拉子城。

因为这些歌而谈到我时，
请在人们中间这样说：
他本可唱得更柔和美妙，
结果却毁于一对天鹅。

（1925年）

愚蠢的心啊，可别激荡

愚蠢的心啊，可别激荡！
我们全都在上幸福的当，
只有乞丐才乞求同情……
愚蠢的心啊，可别激荡。

月儿迷人的黄色清光
朝栗子树间的隙缝流淌，
我偎依着拉拉的灯笼裤，
在她的披纱下面掩藏。
愚蠢的心啊，可别激荡。

我们有时都像孩子，
常又是欢笑又是哭泣，
因为在人世间我们相逢
又是欢乐，又是挫折，
愚蠢的心啊，可别激荡。

我到过许许多多国家，
将幸福找遍海角天涯，
只是一厢情愿的命运
我可再也不想去找它。
愚蠢的心啊，可别激荡。

生活没让人完全上当。
我们会重新汲足力量。
心儿啊，你尽可小睡片刻，
在这里，在恋人的膝头上。
生活没让人完全上当。

也许来如雪崩的命运，
会突然地发现我们俩，
它将用夜莺的婉转歌声
来回报我们对爱的呼唤。
愚蠢的心啊，可别激荡。

（1925年）

这浅蓝色的欢快的国家

这浅蓝色的欢快的国家！
我的名声已卖给了诗篇。
海上来的风，轻轻吹吧——
可听见夜莺把玫瑰呼唤？

你听，玫瑰在躬身弯腰——
这支歌回响在我的心间。
海上来的风，轻轻吹吧——
可听见夜莺把玫瑰呼唤？

你是个孩子，这毫无疑问，
然而我难道不是个诗人？
海上来的风，轻轻吹吧——
可听见夜莺把玫瑰呼唤？

再见吧，我亲爱的盖利亚[①]
路上常常有不少玫瑰花，
不少玫瑰花都躬身弯腰，
但只有一株会心地微笑。

我们一起笑吧，你和我，
为了这些可爱的地方。
海上来的风，轻轻吹吧——
可听见夜莺把玫瑰呼唤？

这浅蓝色的欢快的国家。
我虽把一生交给了诗篇，
但在绿叶中，当作盖利亚，
夜莺把玫瑰搂抱在胸前。

（1925年）

① 是叶赛宁的朋友恰金之女，才六岁。诗人用她象征美人，与抒情主人公并列，同时用“夜莺与玫瑰”（诗人与美人）这一传统主题来做对应。

大地的船长

从来还没有哪个人
把我们这个星球掌管，
从来还没有哪个人
领受过我对他的颂赞。
唯独他一人
举起铁臂断言：
这普天之下
都是大家庭的成员。

我并不沉醉于
英雄赞歌的声浪，
也并不只因为
热血奔流就激昂。
我感到幸福的是：
在阴云密布的时光，
我曾经和他

息息相通，
喜忧分尝。

且不提我们这些
对一切感觉亲切的人
自会感到震惊，
就连那些大象
也能口呆目瞪……
怎么一个出生在
辛比尔斯克的普通孩子
竟成了整个国家
掌舵的人。

当他在狂涛怒吼声中
披荆斩棘地前进，
有点威严逼人，
但又温存可亲，
他用马克思主义
思考过许多的问题，
但在进行创造时，
凭的却是列宁主义。

不，这不是拉辛的狂欢！
也不是普加乔夫的
称王造反！
他没有把任何人
推出去枪毙。
他所做的一切
全凭常人的法律。

他充满智慧，
浑身是胆，
他仅只紧握住
方向盘，
为的是让惊涛拍岸，
卷起飞溅的浪花，
而让这条大船
通行无阻地远航。

他是舵手，
也是船长，
我们跟随着他，
还怕风掀浪翻？
因为从各国

集合起来的
整个党——
都是他的海员。

还不习惯大海的人哪，
你不要心惊胆战，
这些海员为履行
最美好的誓言，
当他们一登上陆地，
就会点燃起
指路的灯盏。

到那时定会有
命运崭新的诗人出现，
这个人已不是我，
他将在你们中间，
用另外一些
崭新的字眼，
为你们
吟诵战斗的诗篇。

他将这样说：

"只有一位航海家，
他在历次搏斗中，
把自己的心灵锤炼，
他终于为人间
把从未有人预见的
'新大陆'展现。"

（1925年）

蓝色的五月，红霞的温煦

蓝色的五月，红霞的温煦，
篱笆门的铃环不再响叮叮，
苦艾散发出黏乎乎的气味，
稠李酣睡着，白斗篷披在身。

透过窗框的木头翅膀，
透过工艺精致的窗幔，
性情乖张的月亮在地板上
编织一个个花边图案。

我们的房间虽小却洁净，
我独自一人在工作之余……
今晚我感到生活全都美，
仿佛对友人的愉快回忆。

春色满园，像大火熊熊，

月亮使足了全身的力气，
要使每个人听了心酸的
字眼“亲爱的”而浑身战栗。

只有我在这花季和良夜，
伴着欢快五月的手风琴声，
遥遥无期地承受着一切，
对一切我都无法憧憬。

我愿意承受——来吧，来吧……
让交织着苦和乐的一切临降。
保佑你，不再喧闹的生活，
保佑你，浅蓝色的凉爽。

（1925年）

致卡恰洛夫的狗[1]

吉姆，伸过爪子来祝我走运，
这样的爪子我生来从没见过。
让我跟你在月下一起叫几声，
盼来个好天，宁静而无风波。
吉姆，伸出爪子来祝我走运。

小宝贝，你可不要乱舔身子，
跟我弄明白哪怕最简单的道理。
你可不懂得生活是怎么一回事，
不懂得生活在世上还是有意义。

你的主人是既可爱又闻名，

① В.И.卡恰洛夫（1875—1945）是崇拜叶赛宁诗才的苏联人民演员。一天夜里，近十二点了，卡恰洛夫才演完戏回到家里，叶赛宁却早已坐在沙发上等候他了。他和卡恰洛夫的狗待在一起，一只手搂着它的脖子，另一只手扶着它的爪子，嘴里还说着：“多好的爪子呀，我从未见过这种爪子。”他通过对狗的独白，吐露了内心深处的隐秘，写出了对一位最沉默、最忧伤的女客（即为他献出了一生的别妮斯拉夫斯卡娅）的内疚和怅惘。

他的家里客人总是非常多，
每个客人微笑着一心想要
把你那天鹅绒般的毛抚摸。

按狗的标准你已美得出奇，
带着一副轻信而可爱的神情。
没有征得任何人一丝允许，
你像醉酒的朋友凑去接吻。

我可爱的吉姆，在你的客人中，
各色各样的人很多很多。
但她[1]突然不再来这里串门，
那位最沉默、最忧伤的女客？

我敢担保，她一定还会再来，
我不在时你就盯住她的双眼，
替我温柔地舔一舔她的纤手，
为我有过和没有过的错道歉。

（1925年）

① 指别妮斯拉夫斯卡娅。

美不可言，蔚蓝，温柔……

美不可言，蔚蓝，温柔……
故乡在急风骤雨后沉寂，
我的心，也像无际的田畴，
呼吸蜂蜜和玫瑰的气息。

我也沉寂了。岁月无情，
但对于往昔我不想咒骂。
它像辆狂奔的三驾马车，
辚辚地驰过了整个国家。

烟尘四起。马蹄嗒嗒，
消失在魔鬼般的呼啸声中，
如今在森林这所住宅，
甚至听得见落叶的响声。

是铃声，还是远方的回声？

一切平静地吸吮我心灵。
且慢，心啊，我和你已驶过
风雨如晦的命定的途程。

只要我们分析所见到的
国内发生和出现的一切，
就会宽恕别人让我们所受
他们或我们所招致的委屈。

发生和未发生的我都接受，
只是二十九岁我才觉遗憾：
青年时代我太不自律了，
沉湎在乌烟瘴气的小酒馆。

年轻轻的橡树还没有结果，
却已像田野的小草被折断……
啊，你，青春，狂暴的青春，
金子般胆大包天的好汉！

（1925年）

歌

小夜莺嘴边有支优美的歌，
那是支追寻我的头颅的歌。

它在无畏中绽蕾，像刃利刀快，
如今突然垂挂着，仿佛已衰败。

我的思绪啊！两鬓和头顶都疼痛，
我过早地白白挥霍了我的青春。

怎么成这样，自己也不明缘由，
夜里我把硬枕头紧按在心口。

倾泻吧，嘹亮的歌，啼啭出忧音！
在黑暗之中我仿佛拥抱着恋人。

窗外手风琴唱着，月亮在辉耀。

不过我知道，恋人再也见不着。

唉！爱情这红莓花[①]，鲜血是樱桃色彩霞[②]，
像支新的歌，像把弹久的吉他。

依旧是那样微笑、欢乐和痛苦，
爷爷唱过的，孙儿还是在重复。

趁年轻，喝吧，唱吧，莫错过良辰，
亲爱的人儿迟早会像稠李树凋零。

我在何处凋零？在烂醉中或赞美里？
年轻时受人喜欢，如今却被人抛弃。

因此小夜莺嘴边有支优美的歌，
那是支追荐我的头颅的歌。

它在无畏中绽蕾，像刃利刀快，

① 原文是个复合词，直译是“爱情—红莓花”，爱情可视作喻本，红莓花可视为喻体。

② 鲜血，在民歌中常用作爱情的象征。这里“鲜血是……”就是“鲜血像……”的变体。

如今突然垂挂着，仿佛已衰败。

（1925年）

来呀，吻我，吻我吧[1]

来呀，吻我，吻我吧，
纵使吻出血，把我吻疼，
像开水般的心的血流
和冷漠的意志势难相容。

欢饮人中间打翻酒杯，
这对我们有什么妨碍。
你明白吗，我的女友，
人活世上，生命难再！

你用平静的目光环顾吧，
看一看在潮湿的夜幕上，
残月像一只昏黄的乌鸦，

① 这首诗充满了对死的预感，对于诗人，“开水般的心的血流”与“冷漠的意志”势难相容，这里已暗示了造成诗人生命悲剧的社会背景是令人深思的，如今关于叶赛宁究竟是自杀还是他杀的争论，也不过是个枝节性的问题，因为悲剧的根源只有一个。

在大地上空盘旋、翱翔。

来吧，吻嘛！我要你吻。
朽物也已给我唱过歌。
看来在天上翱翔的精灵
预感到我的死期紧迫。

一天天在衰败的精力啊！
既然要死，那就死吧！
我真愿直到我死为止
一直吻着恋人的嘴巴。

我愿时刻在蓝色的梦中，
毫不隐瞒，也不羞涩，
在稠李树叶瑟瑟低语下
说出一句话：“我是你的”。

我愿那斟满的酒杯之光，
像团轻盈的泡沫常在——
喝吧，唱吧，我的女友：
人活世上，生命难再！

（1925年）

针茅草睡了。原野一片情[①]

针茅草睡了。原野一片情，
铅灰色的艾蒿清新撩人。
任何一个别样的故乡
都不能把温暖注入我的心。

看来，我们命运都一样，
也许，你问谁他都会说：
在罗斯日子过得可好了，
欢欣、狂怒，也受折磨。

月光是如此神秘、颀长，
垂柳在哭泣，白杨在絮语。
虽然满耳是灰鹤的哀鸣，
但谁也不会厌弃故里。

① 这实际上是一首诀别诗，委婉含蓄地披露了他即将辞别人世的悲怆情怀。是环境不容，还是无心恋生？并没有点明。也许两者都存在。但即使是死，他也与故乡难舍难分。

如今生活以新的光芒，
已经触及了我的命运，
但不管怎样，我依旧是
歌唱金色圆木屋的诗人。

每夜我挨着枕头总看见：
别人的青春如对付强敌，
把新的事物用力喷向
我的草场和林间空地。

纵然身受新事物的排挤，
我仍能深情地唱出一句：
让我在自己深爱的故乡，
爱着你安安详详地死去。

（1925年）

窗头挂着月，窗前拂着风

窗头挂着月，窗前拂着风，
凋零的白杨树银光亮晶晶。

孤独的手风琴声，迢迢的哀怨，
是那样亲近，又那样遥远。

不祥的歌声在笑，又像在哭，
我古老的菩提树，你在何处？

我也是每逢节日一到清晓，
拉着手风琴奔向恋人怀抱。

如今我在她心中已不值分毫，
听着别人的手风琴我又哭又笑。

（1925年）

树叶飘落了，树叶飘落了

树叶飘落了，树叶飘落了。
风在呻吟，
悠长而沉闷。
有谁能愉悦我的心田？
有谁能安慰它，我的友人？

我抬起变得沉重的眼皮，
目不转睛地望着月亮。
在这秋意萧索的寂静里，
公鸡报晓的啼声又响。

黎明的时分，青色的拂晓，
满天飞舞着无数的星辰，
占算个心愿该会有多好，
就不知该盼什么样的好运。

尽诅咒自己的厄运和家庭，
在生活的重轭下有什么可盼？
如今我多么想在我的窗前，
能见到一位好姑娘[1]出现。

但愿她用矢车菊般的眼睛，
只为我一人——
不为别的谁——
用新的话语，新的感情，
来安慰一下我的心灵。
但愿在这皎洁的月下，

当我消受幸福的命运时，
不再一味沉溺于歌声，
见到别人欢乐的青春时，
再也不会为自己憾恨。

（1925年）

---

① 指别妮斯拉夫斯卡娅。

闪亮吧，我的星，切莫坠下[①]

闪亮吧，我的星，切莫坠下，
快洒下你那冷寂的光。
可知在坟墓的院墙之内，
不会搏动活着的心脏！

你闪着八月和黑麦的光亮，
你让静悄悄的田野充满
那些没有南飞的灰鹤
如此凄婉而颤抖的呼唤。

我更高地昂起自己的头，
不在丛林后，而从小丘外，
我又像听到有人在唱歌，
歌中把故乡和祖屋缅怀。

---

① 据叶赛宁的妻子托尔斯泰娅·叶赛宁娜回忆，叶赛宁写这首诗时感觉身体很不好，怀疑自己患有肺结核。他日渐消瘦，沉思而忧伤。从全诗的灰暗色调也可以看出诗人写作时的心境。

于是这金灿灿的秋天，
在白桦树身上减去液叶，
为所有我爱而抛弃的人
掉落下黄叶朝沙地哭泣。

我知道，知道，不久的不久，
我也该像黄叶落地般躺卧，
在那似穿孝的矮矮篱墙下，
不为我也不为别人的过错。

柔情的火焰就要熄灭了，
我的心将变成一堆灰烬。
朋友们将竖一块灰色的石碑，
刻上欢快的诗体墓志铭。

但当我聆听着送殡的哀音，
我真想编支歌这样诵唱：
他爱自己的故乡和大地，
一如醉鬼爱小酒馆那样。

（1925年）

生活是忧伤迷人的幻觉[①]

生活是忧伤迷人的幻觉，
所以它这般强劲有力，
甚至能用那粗暴的手
书写决定命运的文契。

每当我想要闭上眼睛，
我总要说："你可要警惕，
生活是幻觉，但它有时
也会用欢乐使谎言美丽。

"请正视这灰色的天空吧，
凭月亮占卜你的命运，
凡人，你得知足，别要求
对你说你所不需要的真情。"

① 这首诗可以说是诗人复杂的思想矛盾和悲剧的人生道路的诗化总结，对于他来说，生活是忧伤的，也是迷人的，是真实的，也是虚幻的，全诗暗示了诗人生命悲剧的深刻原因。

当稠李花飘落如暴风雪，
设想生活就是路会有益。
任凭轻浮的女友欺骗你，
任凭不忠的朋友出卖你。

任凭甜言蜜语抚慰你，
任凭恶舌比刀还锋利，
我早就准备对付一切，
习惯对一切都不再怜惜。

这些峰顶冷却着我的心，
星星的灯火岂能暖胸怀，
我爱过的人抛弃了我，
我的心上人早已把我忘怀。

纵然身受排挤和驱赶，
我仍然含笑望着霞光，
为一切我要感谢生活，
在亲切可爱的土地上。

（1925年）

我还没见过你这样的美人[①]

——献给舒拉[②]

我还没见过你这样的美人，
不过，你知道，在我内心，
并不恼恨，是欣然妒羡
你正在重复着我的青春。

你是我的矢车菊般[③]的字眼。
我会永远永远地爱你，
咱家的奶牛生活得可好，
当它反刍麦秸的忧戚？

你一唱歌，我就爱听。
快用童年的梦医治我的心！
咱家的山楂树也许已燃尽，

---

① 参看《啊，世上的猫可真多……》一诗的题注。

② 舒拉是叶赛宁的小妹妹亚历山德拉·亚历山得罗夫娜·叶赛宁娜，舒拉是她的小名。

③ 用矢车菊比喻美好。

在白色的窗前黄叶飘零？

妈妈梳理短麻时唱什么？
我一别家园永不得回还。
我只知像场绛红的风雪，
缤纷的落叶堆满了阶前。

还有我抛下的那只狗
在门口轻轻哀号咱们俩，
不再抚爱，也不流泪，
一如哭诉刚死去的新娘。

然而我还是不必回去了。
因此你那漂亮的梁赞头巾，
作为爱，作为悲和喜的标志，
并没有及时落到我手中。

（1925年）

啊，世上的猫可真多[1]

——献给舒拉

啊，世上的猫可真多，
我俩永远数也数不清。
心里梦着芳香的豌豆，
耳畔响起浅蓝的星星。

是醒，是梦，还是朦胧中，
但总记着遥远的以往——
一只猫儿在炕上咪咪叫，
表情淡漠地朝我窥望。

① 1924年秋，舒拉从故乡去莫斯科求学。有一天，叶赛宁带舒拉乘马车外出游玩。路上，他们遇见许多猫，舒拉对叶赛宁说她从未见过这么多猫，叶赛宁只是微笑，继续安静地坐着，陷入了沉思。叶赛宁觉得妹妹的这一发现非常有趣，便提议把所见的猫数数。后来，他们在一家餐厅用餐，舒拉从镜子中照见了自己是个个儿不大、笨手笨脚、头戴一块乡下头巾的姑娘，感到很窘，叶赛宁给她开玩笑说："瞧你有多美呀，大家都在看你呢。"第二天，叶赛宁便写了本诗和《我还没见过你这样的美人……》两首诗献给舒拉。

当年我还是一个孩子，
它伴着外婆的歌声奔窜，
像只小老虎似的冲过去，
追捕她手中失落的线团。

一切过去了，我失去外婆。
那以后又过了几个年头，
用那只公猫制成了皮帽，
又是我外公把它戴旧。

（1925年）

哎，你们，雪橇！骏马，骏马！

哎，你们，雪橇！骏马，骏马！
大概是魔鬼把你们带来人间。
在草原被驱赶得什么也不怕，
小铃儿放声直笑到涕泪涟涟。

没有月亮，也没有狗叫汪汪，
在远方，在那荒凉的一角。
我剽悍的生命，你可要挺住，
我还没有不可收拾地见老。

唱吧，车夫，莫去管这黑夜，
如你愿意，我亲自给你伴唱，
唱一唱那狡猾的少女的眼睛，
唱一唱我那欢快的青春年光。

哎，你曾常常歪戴着便帽，

把马儿往马车车辕上一套，
一边还给自己挑一包干草——
这情景再也无法把它找到！

当年的我何等风度翩翩！
我的那架爱说话的手风琴，
一到半夜寂静的时刻来临，
曾经留住多少颗女人的心。

一切过去了。我头发已稀疏。
马儿死了，场院变得空空。
手风琴失落了往日的声音，
它再也不会跟人侃侃谈心。

然而我的心灵还没有冷却，
我依然非常喜爱风雪严寒，
因为对过去所发生过的一切，
小铃儿放声直笑到涕泪涟涟。

（1925年）

漫天的风雪纷纷扬扬

漫天的风雪纷纷扬扬，
头上照射着凄清的月光。
我又看见故乡的寨墙，
风雪中见到窗口的灯光。

我们是流浪者，别无他求——
赋予我什么，就把它歌吟。
如今我和家人又共进晚餐，
饭桌旁又看见我的老母亲。

她见了我，眼泪簌簌，
若无痛苦，悄悄默默。
她想伸手去端茶杯，
茶杯却从手中滑落。

亲爱、善良、年迈而温柔，

你可别跟忧思平起平坐，
听，伴和着风雪的手风琴，
我给你讲一讲我的生活。

我见过世面，到处漂泊，
我爱过多次，受尽折磨——
我之所以耍无赖和酗酒，
因为比你好的人没见过。

如今我又在炕边取暖，
拔掉了皮靴，脱下了上衣，
我又复活了，又像在童年时，
指望着碰上更好的运气。

窗外传来暴风雪的啜泣，
粗野的喧嚣声更添凄迷，
我觉得是它在抖落花瓣，
我们园中那白色的菩提。

（1925年）

听，奔跑着雪橇，雪橇在奔跑[1]

听，奔跑着雪橇，雪橇在奔跑。
偕恋人失落在野外好不逍遥。

欢快的微风羞羞答答胆儿小，
铃声却沿光裸的原野在飞飘。

啊，你，雪橇！我浅黄色的骏马！
沉醉的枫树在林间空地欢跳。

“这是怎么啦？”我们驶近它问道，
我们仨便跟着手风琴一齐舞蹈。

（1925年）

① 这首诗写得那样飘逸、洒脱，颇有点李白《月下独酌》的韵味，也是那样物我难分，那样诗情喷涌，那样妙语天成。李白想通过月、我、影三者的交欢而驱散世无知音的孤独感，叶赛宁则借我、恋人（想象的）、枫树三者的同舞，来驱遣心头的悔恨和孤寂。在生活中叶赛宁对李白的天才也是十分向往的，1924至1925年在高加索期间，叶赛宁曾有机会听过《东方霞光报》主编尼古拉·维尔日比茨朗诵的李白的诗和他讲述的有关李白的传奇故事，简直听得入了迷（见王守仁著《叶赛宁传》208—209页）。

浅蓝色的短袄，蓝色的秋波

浅蓝色的短袄，蓝色的秋波。
对恋人我一句真话都没说。

恋人问我道：“是暴风雪不？
该生起炉子，该铺好被褥。”

我回答恋人说：“如今从高处
有人在撒下白色的花朵。

“你去生炉子，你去铺被褥，
缺了你暴风雪早在心里住。”

（1925年）

暴风雪急急地漫天飞旋

暴风雪急急地漫天飞旋，
他人的车马飞驰在田间。

陌生的青年驾着三套车。
哪里是我的幸福和快乐？

我也驾过同样疯狂的车，
一切在急旋的风下滚落。

（1925年）

蓝色的夜晚，月明的夜晚[①]

蓝色的夜晚，月明的夜晚，
那时我还是个漂亮的少年。

一切飞去……远去……过去了……
无法阻止，不会重现。

心儿冷却了，眼眸褪色了……
蓝色的幸福！月明的夜晚！

（1925年）

① 这首诗是1925年10月4日至5日间由叶赛宁口授，托尔斯泰娅·叶赛宁娜笔录而成。

可怜的作家，难道你还在……[1]

可怜的作家，难道你还在
编造这咏唱月亮的清歌？
我的目光早已经冷却了，
倦于爱情、纸牌和美酒。

啊，月亮钻进窗棂来了，
光那样微弱，不见五指……
我把赌注押在“黑桃皇后”上，
赢回来的却是“红方块爱司”。

（1925年）

① 这首诗是1925年10月4日至5日间由叶赛宁口授，托尔斯泰娅·叶赛宁娜笔录而成。

呼啸的风，银白的风[1]

呼啸的风，银白的风，
雪暴丝一般沙沙作响。
我头一次在自身发现——
从来还未曾这样思量。

纵然窗上已潮湿发霉，
我不惋惜，也不伤悲，
我仍然挚爱着这种生活，
一如开始时对它心醉。

女人微笑着对我一瞧，
我就激动。玉肩多销魂！
马车从颠簸的路一过，
我准驾着它朝远方驰骋。

① 从第五诗节中“活得应当轻松、单纯些，对宠辱得失都与世无争”看得出诗人写此诗时的心态是极不平衡的，因为他感到得不到世人公正的评价，甚至感到风也在为他的处境惊呆。

哦，我的幸福和成功啊，
人的幸福受人间珍爱。
谁如在人世间哭过一次，
那就是成功永不再来。

活得应当轻松、单纯些，
对宠辱得失都与世无争。
因此树林上空才惊呆着
这呼啸的风，银白的风。

（1925年）

矮矮的树林、草原和远方

矮矮的树林、草原和远方。
个个角落洒遍了月光。
那清脆嘹亮的小小铃铛
突然又传出哀号的声浪。

这条其貌不扬的道路，
但它却永远惹人喜爱，
每个俄罗斯人在它上面
几多回乘车骑马往来。

哎，雪橇，多好的雪橇！
白杨的冻裂声接踵而至。
我的父亲——是个农民，
我呀，是个农民的儿子。

我对于名气嗤之以鼻，

对“我是诗人”也不稀罕。
这块花草蔫了的地方，
我已经多年不曾看见。

谁只要看见哪怕一次
这块地方和田野的平坦，
他几乎会对每棵白桦
都乐意去亲一亲脚板。

当看到俄罗斯农村青年
冒着朔风呼啸的严寒，
戴着花环在一起欢娱，
我怎能不用眼泪洗面。

哎，手风琴，害人的毒剂，
也许就因为听你这呻吟，
才会有不少剽悍的名声，
当作微不足道的事丢尽。

（1925年）

花儿低低地垂下了头①

花儿低低地垂下了头，
“永别了！”的话儿朝我倾吐，
还说从此我再也见不着
她的脸庞和我的故土。

亲爱的，没关系！没关系！
我见过它们，也见过大地，
像消受新的抚爱一样，
我将承受入墓前的战栗。

因为我含笑走过世间，
对整个人生已经彻悟，
我每个瞬间都对人说，
世间的一切都会重复。

① 本诗头一、二诗节的内容与《花》（1924年）的第一、二诗节基本相同，只是有些诗行更换了个别词语。

还不是一样，会有别人来，
他会吞掉逝者的悲哀，
他为未亡的亲爱的人儿，
会编出一首更好的歌来。

我的恋人和她的新欢，
将在寂静中听这支歌儿，
也许她会记起我来，
像记起不再重开的花朵。

（1925年）

像吉卜赛提琴，暴风雪在哭泣[1]

像吉卜赛提琴，暴风雪在哭泣。
心爱的姑娘，恶意的一笑，
你蓝色的一瞥不令我胆怯？
我需要很多，太多也不要。

你我相差，千里万里。
你正年轻，我是过来人。
青年有幸福，我只有回忆，
当迅猛的风雪之夜来临。
没有抚慰——风暴作我的提琴，
你那一笑使风雪弥漫我的心。

（1925年）

① 本诗由叶赛宁口授、其妻叶赛宁娜笔录而成。

我凋零的枫树啊，挂满冰花的枫树[1]

我凋零的枫树啊，挂满冰花的枫树，
你为何弓着身在白色风雪下踟蹰？

莫非你看见了什么，听到了什么？
仿佛你走出来，要到村外去散步？

你像个喝醉的更夫，刚到路上，
便陷进雪堆，把自己的腿冻僵。

唉，我如今也有点站不大稳，
我和朋友痛饮后竟难回家门。

在那里我遇见柳树，见到青松，
伴着风雪我对它们把夏天吟诵。

① 此诗写于莫斯科的一家疗养院，在成诗前两日（11月26日）叶赛宁住进这家疗养院进行治疗。

我觉得自己也变成同一棵丹枫，
不过我还没凋零，正绿叶青葱。

因此我有失端庄，如痴似傻，
像搂住别人的妻子抱住小白桦。

(1925年)

（以上顾蕴璞译）

也许为时已晚，也许还太早

也许为时已晚，也许还太早，
多年来我不曾如此思考：
我变得酷似唐璜[①]，
成为轻浮诗人，地地道道。

怎么回事？我到底怎么啦？
每天我都离不开新人的膝头，
每天我都不珍惜自己，
忍受变心的创痛，我不能够。

在温柔而纯朴的情感里，
我总是希望心儿少一些激动，
我能寻找什么呢，在这些轻浮、
虚伪而又空虚的女人眼中？

---

① 拜伦的讽刺史诗《唐璜》中的主人公，是一个变成善良的热血青年的浮华的贵公子。

快拉我一把，我鄙视的目光，
我一向视你为我的特征。
内心沸腾的热血已冷却下来，
淡蓝色的丁香簌簌有声。

内心呈现落日时分柠檬色的暮光，
透过迷雾总能听到同一声音：
情感的放纵会遭报应，
你就接受挑战吧，唐璜！

我心平气和地接受挑战，
于是我看到，两者对于我一模一样——
视暴风雪为五月蓝色的花儿盛开，
把情感的战栗称之为爱。

事情就是如此，我就成了这样，
我之所以离不开许多人的膝头，
就是想让幸福永远对我微笑，
就是想对变心的痛苦拒绝忍受。

（1925年）

再见吧，我的朋友，再见吧

再见吧，我的朋友，再见吧。
你永铭于我心中亲爱的朋友，
即将到来的永别
意味着我们来世的聚首。

再见吧，我的朋友，不必话别，
不必握手，别难过也别悲戚，——
在这种生活中死去并不新鲜，
可是活着，当然，也不新奇。

（1925年）

（以上王守仁译）